TÁ PREPARADO?
Domingo o tempo não passa

RoMa

Copyright dos textos: © Ronaldo Mathias, 2025
Direitos de publicação: © Nova Alexandria, 2025
2025 - 1a edição

Todos os direitos reservados.

Editora Nova Alexandria Ltda
Rua Engenheiro Sampaio Coelho, 113
04261-080 - São Paulo - SP
Fone: (11) 2215-6252
Site: www.editoranovaalexandria.com.br
E-mail: vendas@novaalexandria.com.br

Coordenação Editorial: Rosa Maria Zuccherato
Revisão de textos: Renata Melo
Editoração eletrônica: Bruna Kogima
Fotos do miolo: Ronaldo Mathias
Capa: Marcia Batistela Cirillo sobre quadro Edward Hooper (*)

Dados Internacionais de Catalogação na Publicação (CIP)
Tuxped Serviços Editoriais (São Paulo, SP)
Ficha catalográfica elaborada pelo bibliotecário Pedro Anizio Gomes - CRB-8 8846

M431P   Mathias, Ronaldo.

Tá preparado? domingo o tempo não passa / Ronaldo Mathias. — 1. ed. — São Paulo, SP : Editora Nova Alexandria, 2025.
128 p.; il.; 14 x 21 cm.

ISBN 978-85-7492-523-3.

1. Contos. 2. Literatura Brasileira. 3. Relacionamentos. 4. Sentimentos. I. Título. II. Assunto. III. Autor.

CDD 869.9301
CDU 82-34(81)

ÍNDICES PARA CATÁLOGO SISTEMÁTICO
1. Literatura brasileira: conto.
2. Literatura: conto (Brasil).

(*) Edward Hopper (1882-1967), foi um pintor, artista gráfico e ilustrador norte-americano conhecido por suas misteriosas pinturas e representações realistas da solidão na contemporaneidade.

TÁ PREPARADO?

Domingo o tempo não passa

RoMa

1ª Edição - São Paulo
2025

SUMÁRIO

A VIDA É UM REDEMOINHO 7

"DATES" 11

QUEM AMA DORME SOZINHO 23

ÀS 4H40 35

60+ 45

MANDA "NUDES" E TE CONTO TUDO! 55

POSSO OUVIR UM AMÉM? 69

AMOR É TRAVESSIA 81

SE DEUS QUISER, VAI PASSAR 95

A CONVERSA ACABA ANTES DO AMOR 109

DOMINGO O TEMPO NÃO PASSA 121

"Com o passar do tempo, experimentamos desafios, conflitos e tragédias existenciais. Também seguimos o rito ordinário de nosso cotidiano ligados às obrigações e emoções mais urgentes. Sem reparar, vamos respondendo aleatoriamente às demandas dos boletos, dos papéis sociais e dos desejos impostos pelos outros, que não são nossos, como todo desejo."

RoMa

A VIDA É UM REDEMOINHO

Este livro de contos foi escrito a partir da experiência que tenho sobre o tema dos relacionamentos, o fim de um relacionamento e como ficamos despreparados para o que virá. Eles surgiram da observação atenta dos acontecimentos da vida e da fabulação do que poderia ter sido ou do que não foi. Estamos preparados para morte, não para vida. A todo momento, ela nos ronda e falamos sobre isso. Tememos. Sofremos com a perda. A morte nos ronda com o fim da certeza, a invasão da solidão. Para nos livrarmos dela, adiamos tudo e vivemos na superfície das emoções, da dependência. Mas sabemos que ela existe, espia, ameaça. Temos consciência disso. Já a vida, essa não. Sempre nos coloca nas fronteiras, ali nos escondemos. E o que significa estar preparado? Preparado para qual decisão? Essa é a questão central deste livro. Com o passar do tempo, experimentamos desafios, conflitos e tragédias existenciais. Também seguimos o rito ordinário de nosso cotidiano ligados às obrigações e emoções mais urgentes. Sem reparar, vamos respondendo aleatoriamente às demandas dos boletos, dos papéis sociais e dos desejos impostos pelos outros, que não são nossos, como todo desejo. Mas isso não significa estar preparado para viver a exclusão, a fome, o abandono, a violência, o desamor. Reviravoltas econômicas, morais, éticas, espirituais, conjugais acontecem. Despreparados, ficamos diante de um abismo de medo, de ansiedade, de insegurança, de mágoa, de tristeza, e de solidão. Mas há momentos de felicidade, de alegria, de amparo, que sustentam nossas fragilidades. Não estamos preparados para viver o inesperado que interrompe nossa rotina e nada nos traz a paz. Algumas personagens deste livro vivem situações extremas de desregulagem emocional. Vivem solitárias, apesar de acompanhadas e não desconfiam. São estrangeiras na própria vida. Habitam encruzilhadas. Vivem sob escombros. Os contos são pequenas histórias que revelam a falta de amor, ou o excesso dele, sim, mas também a insegurança dos casais que resolvem ou adiam seus problemas internos do jeito que sabem, podem ou querem. Covardes? Todos somos em algum momento da vida. Os contos aqui são vividos sempre por Samuel, persona com o mesmo nome em todas as histórias. Pode parecer repetitivo, mas a vida também é repetição a todo momento. Ouvi de amigos, de parentes, criei a maioria delas como forma, como forma de subverter a ordem comum das expectativas. Escrever é um exercício constante de paciência, abdicação e muito trabalho. As narrativas são contemporâneas e, ao mesmo tempo, trazem conflitos antigos. Os conflitos humanos mudam pouco, na verdade. Todo homem é um pouco Samuel. Sem saber, homens são canalhas, românticos, hipócritas, amigos. Buscamos o amor e não temos nada para oferecer. Não suportamos qualquer perda pois isso implicaria ficar consciente de nosso abandono e não queremos ter essa certeza. Somos, todos, um mistério desse redemoinho que é a cultura.

"DATES"

"— Podemos ir a algum outro, então. O que importa é sairmos, e fazer alguma coisa juntos. Casamento não é apenas dormir na mesma cama, Marcelo. E você sabe que te amo."

Oi, tudo bem?

— Sim e com você?

— Fala de onde?

— Estou na Zona Norte perto do aeroporto e você?

— Zona Oeste. O que procura aqui no aplicativo?

— Papo e tu?

— Também e algo mais.

— Você é solteiro ou casado?

— Sou separado.

— Há quanto tempo?

— Quase dois anos.

— Você parece bem bonito na foto. Sua idade é essa mesma? 42 anos?

— Sim. E a sua? É solteira? Ontem eu vi você e curti não

sei se viu. Suas fotos são lindas.

— 38. Sim. Solteira. Não vi não. Obrigada... Qual a sua idade?

— O que você procura aqui? Qual seu nome? Tenho 45.

— Encontrar alguém disponível para relacionamento. Mas isso parece bem difícil. Os homens apenas buscam sexo. Sou Heloísa. E o teu?

— Entendo. Eu busco também algo mais sério. E procuro uma mulher com seu perfil. Não quero sexo rápido. Estou solteiro há dois anos. Sou Samuel.

— Acho que estamos na mesma busca. Tenho 40 anos.

— Você trabalha com quê, Heloísa?

— Sou dentista e você?

— Sou administrador de empresa.

— Está a fim de conversar mais pelo telefone e trocar mensagem?

— Gostaria, mas prefiro ir mais devagar e por aqui neste momento, se não te incomoda.

— Claro que não.

— Quais seus horários? Estou de saída e já estão me chamando aqui no trabalho.

— Entro ao longo do dia. Não tem muito horário não.

— Então nos falamos mais e te deixo uma mensagem. Você é uma mulher encantadora linda e "gostosa" rs....Abraço Helô!

— Rs... Abraços... — respondeu, ela feliz.

• • • • •

Marcelo saiu do escritório da casa e foi atrás da esposa. Estava atrasado para o trabalho.

• • • • •

— Mariana, vamos, que tenho pouco tempo, falou, entrando apressadamente no elevador e segurando a porta.

— Amor, amanhã às 21h vamos à casa das meninas. Elas têm insistido tanto —, disse Mariana logo ao entrar no carro.

— Não sei se consigo, pois tenho que terminar uns relatórios. E essas meninas são bem cansativas também. Vai você sozinha.

— Você já notou? Tudo que te peço você nunca pode e tem sempre um relatório para entregar ou qualquer outra coisa?

Entraram no carro, e Mariana insistiu.

— Você anda muito estranho e, praticamente, não fazemos mais nada juntos.

O celular de Marcelo faz um barulho de notificação que, rapidamente, é silenciado por ele, enquanto saem do estacionamento.

— Se quiser responder à mensagem, pode fazer isso.

— Não é nada. Nada do WhatsApp é sério. Depois eu vejo.

— Você pode parar naquela farmácia para eu comprar umas coisas? É jogo rápido.

Enquanto Mariana estava na farmácia, Marcelo voltou ao telefone e abriu o aplicativo.

• • • • •

— Oi, Heloísa! Queria te falar que gostei de conhecer você! Achei você linda!

— Também gostei e podemos marcar qualquer dia para tomar algo —, respondeu rapidamente, pois estava *on-line*.

— Você pode em quais horários?

— Posso me organizar. Às vezes à noite pode ser mais difícil. Como sou divorciado às vezes os filhos ficam comigo.

— Claro, posso conseguir no fim da tarde ou no fim de semana se for melhor.

— Fim de semana pode ser bom também, mas não garanto.

— Então só tenho amanhã à noite o que acha?

— Ótimo umas 18h está bom para você?

— Pra mim ótimo. Onde nos encontramos? — perguntou ela após um minuto.

— Pode ser num restaurante que tem na rua das Lavadeiras na Zona Norte. chama-se Coisa Nossa.

— Um pouco fora de mão pra mim. Mas tudo bem, eu me acerto.

— Ok, até amanhã! Beijos.

• • • • •

Marcelo percebeu que Mariana retornava e colocou o celular do lado, entre os bancos. Calculou que, entre 18h e 21h teria tempo suficiente para encontrar Heloísa e depois ir jantar com as amigas do casal.

• • • • •

— Demorei porque a farmácia estava cheia.

— Demorou porque gasta tempo com bobagens. Se fosse mais focada, já teria resolvido isso antes.

— Você já foi mais gentil. O que será que aconteceu, Marcelo?

— Aconteceu nada, é você que nunca me observou bem, respondeu secamente o marido.

— Lembra quando nos conhecemos e fomos jantar naquele restaurante na Zona Norte que esqueci o nome. Podíamos voltar qualquer dia, o que acha?

— Sim, podemos, se é que não fechou, já faz tanto tempo e eu li algo sobre isso.

— Podemos ir a algum outro, então. O que importa é sairmos, e fazermos alguma coisa juntos. Casamento não é apenas dormir na mesma cama, Marcelo. E você sabe que te amo.

— Vou parar para abastecer, estou na reserva e vou ao banheiro.

Marcelo desceu do carro para falar com o frentista e fazer o pagamento.

Mariana, desconfiada, aguardou o marido sair do carro e pegou o celular dele. Como sabia a senha, abriu e notou haver um aplicativo de relacionamento. Estremeceu. Clicou e viu que o marido conversava com outra pessoa com o nome de "Cara Romântico" e começou a ler a conversa. Por um momento, não acreditou no que lia. Pensou que pudesse estar errada. Mas não estava. O marido tinha um aplicativo de relacionamento e, naquele dia ainda, manteve conversa com outra mulher. Resolveu falar com uma tal de Heloísa, como aparecia no aplicativo.

— Oi, tudo bem? — disse ela, passando-se pelo marido. E aguardou alguns minutos.

— Oi. Voltou rápido... rs — disse Heloísa, sem desconfiar de nada.

— Não vou poder ir amanhã à noite!

— Por quê? Já havia até cancelado meu compromisso Samuel.

— Vou sair com minha esposa.

— O quê? Você é casado?

Mariana estava devastada, chorava, ria, queria gritar, sair do carro correndo. Como continuar casada com Marcelo? Mas como se separar dele? E todos os anos juntos? Tudo o que construíram, os planos para o futuro? Ninguém se casa para depois se separar, para viver uma traição, para ser enganado. O futuro faz parte do projeto de vida do casal, talvez dos filhos. Era o que queriam. Não sobreviveria sozinha, suspeitava. Gostava da vida a dois, de dormir com ele, de viajar. Amava Marcelo mais que tudo. Não conseguiria tomar café da manhã, ir ao cinema e à casa de amigos sem ele. E agora ainda estava grávida. Como seria tudo sem Marcelo? As festas, o trabalho, a casa, a família... questionava-se. Permaneceu parada com o celular na mão, olhando pelo vidro do carro. Viu que Marcelo retornava. Deletou a conversa, toda a sua conversa passando-se por ele no aplicativo e colocou o celular novamente no mesmo lugar. Estava visivelmente alterada. Tremia. Pensava em tudo e no abandono que se avizinhava. Uma pessoa sozinha é uma pessoa abandonada, que ninguém quer, derrotada... Imaginava tudo menos uma vida sem Samuel. O que ele queria nesse aplicativo? Essa era uma dúvida que a martirizava. Suava muito. Sentia um desequilíbrio profundo.

— Demorei no banheiro, disse Marcelo, ligando o carro e pegando novamente a via expressa, que era mais rápida, e mais movimentada.

Mariana ficou em silêncio por alguns minutos.

— O que você tem que tá com essa cara?

— Quer dizer que você é o Cara Romântico? Pegou o celular novamente e abriu o aplicativo.

Samuel estremeceu e lembrou que deixara o celular no carro quando saiu.

— O que você quer dizer com isso? Andou mexendo no meu telefone?

— Eu gostaria de saber há quanto tempo você está nesse aplicativo falando com essas mulheres? Segurava o celular dele tremendo.

Samuel permaneceu em silêncio.

— Diga logo —, disse ela já gritando. — Há quanto tempo está aí marcando jantares nos mesmos lugares aonde íamos e de que ainda hoje te falei para ir e você disse estar fechado?

— Não é nada disso que você está pensando, Mariana.

— Não é? Não é? — perguntou ela novamente, aos gritos.

— Você estava ainda hoje falando no aplicativo e marcando encontro e me diz isso! O que foi que aconteceu conosco? Você deixou de me amar e começou a sair com essas putas desse aplicativo, foi? Não seria mais fácil pra você e mais justo comigo ter interrompido antes? Fizemos planos, estou grávida por uma decisão nossa... — disse ela, chorando.

— Calma. Vou explicar e você vai entender.

— Você nunca de fato me amou, essa é a única verdade. Esses doze anos de casamento de nada serviram. Eu sempre estive dentro de sua vontade como alguém que pudesse usar para o que quisesse. A empresa, sua carreira, seu trabalho... Isso é o que sempre foi seu interesse. E comigo passou tempo. Já disse para eu emagrecer, fazer dieta e outras maluquices. Queria somente que eu me sentisse péssima. Há quanto tempo está nesse aplicativo, SAMUEL? O que você fez com nossa história? Com nosso FUTURO!?

— Mariana, isso não interessa —, disse ele, acelerando o carro.

— Você não passa de um filho da puta me fazendo esse tempo todo acreditar que nosso casamento tinha alguma verdade. Ficar ao seu lado me fez adoecer esses anos todos, acreditar que eu tinha problema, que eu estava sempre errada e por te amar, ou sei lá, depender emocionalmente de você, fui aceitando... por não saber viver sozinha, aceitei você me dizer que eu era o problema... Pare esse carro que quero descer!

— Aqui é uma autoestrada e não posso parar! Estou a 150 km por hora, Mariana, está louca?!

— PARA!

— Mariana, vamos chegar e conversar!

Mariana chorava muito e tremia todo o corpo. Até que abriu a porta e pulou do carro em movimento. Marcelo parou alguns metros à frente. Desceu e voltou correndo ao lugar onde ela tinha caído. Não viu nem sinal de Mariana. Correu para pedir ajuda, mas o celular estava nas mãos dela quando pulou do carro. Marcelo, então, sentou-se à beira da estrada. Olhou para o relógio! Eram quase 10 horas da manhã.

QUEM AMA DORME SOZINHO

"— Em que tipo de verdade você se esconde? Porque as mentiras eu conheço todas há décadas e sempre aceitei."

Na intensidade de uma pedra. Era assim que Samuel vinha tocando a vida. A aposentadoria era um pequeno intervalo entre a vida que tinha sido e a morte que se aproxima, como em breve haveria de acontecer. Ele sabia disso desde quando Helga decidira partir. Foram cinquenta anos de casamento. E quando ela, no auge da crise, olhou para ele da última vez, ele descobriu o insondável, o assombroso, o espanto da vida. Foi como um susto no silêncio da tarde movimentada. Passavam dos setenta anos os dois, e achava que não mais corriam esse risco, como tantos outros casais de amigos. Sinais vieram de Helga, mas foram negligenciados por ele. "Por que isso de fazer caminhada agora? Por que essa roupa tão esquisita?" Começou a atentar para alguns detalhes, mas estava longe de se alarmar para o abismo que se avizinhava. Samuel era arquiteto e percebeu a avaria na obra como algo normal. Não estava preparado para reformar mais uma vez o cotidiano. Mas a natureza assim se impôs. Helga foi-se com toda sua ansiedade, com décadas de memórias e um restinho de futuro.

— Sou velha, mas ainda estou viva. Não te amo mais! Quero experimentar outras coisas, viver com outras pessoas, viajar, ser livre nesse fim de vida que ainda tenho.

Naquela noite, Samuel não dormiu sozinho. Não dormiu. E ficou na presença do medo.

• • • • •

Foram tantos anos que achou melhor ficar ali sentado na cadeira de balanço. A casa era grande, do tamanho de seu amor por ela. Samuel sentiu-se expulso da vida. E não poderia ser de outro jeito. Como aprender agora? Tinha quase oitenta anos e nada preencheria a pequena escuridão instalada. Três meses depois, Samuel recebeu notícias da esposa. Sabia, pela boca pequena dos empregados, que Helga estava de namorado novo. Novo. Não sentiu outra coisa senão pena, de início. Ela era instável, volúvel e superficialmente alegre. Mas era isso o que ele mais amava nela.

Muito cheio de princípios, de cálculos e de horas certas, Samuel sempre teve um cotidiano bastante cheio no passado. Era um construtor, mais de seus sonhos que dos da esposa. Só que agora estava sob a chantagem do tempo, das intempéries das emoções, das extremidades do instinto.

Morava só. Os filhos insistiram muito para levá-lo, mas sua resistência era maior e concordaram que ficasse. E os dias continuaram desabitados. Almoço. Janta. Banho. Cama. Cozinha. Carro. Geladeira. Sofá. Olhava tudo como um novo aprendizado. Àquela altura da vida aprender era quase impossível e, se fosse possível, seria com dor. Como pode uma mulher daquela idade encantar-se por um moleque? Perguntava-se. De fininho espiava o mundo pelas lembranças que os objetos e as plantas traziam dela. Com isso, perdeu a graça na beleza. Numa tarde qualquer o lírio apareceu com flor, depois de meses, murchou. Samuel não notou. E naquele descuido da percepção, ouviu um barulho na porta de um jeito familiar. Sentado no sofá, permaneceu. Era Helga como sempre fazia ao entrar. Olhou-o cabisbaixa. Fechou a porta e colocou a bolsa na mesa. Dirigiu-se ao sofá e ali sentou-se.

— Como tem passado, Samuel? Te mandei mensagens. Conversei com as crianças. Encontrei com Paulo e Regina. Estou aqui para ver as possibilidades. Minha "ansiedade de perna" passou e quero saber de você, de seus dias, de seus sentimentos.

Samuel olhava para ela sem expectativas, sem raiva, sem as lembranças, mas com o peso das novas memórias.

— Samuel você consegue me perdoar?
— Você voltou por quê? Por mim, penso que não foi.
— Eu andei perdida...

— Com toda a nossa idade você ainda se perdeu? Gente velha não se perde, a não ser que já seja doida de vez... mas isso não vi nunca em você. Devia estar cego.

— Eu não suportei tudo, Samuel...

— Não suportou? Nossa história, nossos filhos, tudo o que construímos? Em cada parte desta casa ficou você. Nos cantos, nas prateleiras, nas janelas, nos armários, nas roupas de cama... Sabia que nunca mais fiz a cama? Também não suportei fazer o que sempre você fez...Somos idosos, Helga. Não estamos mais pra aventuras. Não se deixa de amar aos oitenta, sabia? Ou então nunca foi amor. Ninguém ama sozinho e hoje desconfio que nunca me amou mesmo.

— Samuel, eu estava errada...

— Seu namorado te largou e por isso você voltou?

— Não. Nada disso.

— Em que tipo de verdade você se esconde? Porque as mentiras eu conheço todas há décadas e sempre aceitei.

— A única verdade é que eu te amo.

Samuel ouviu com desconfiança. Olhou para o chão. Olhou para ela.

— E o que é o amor para você, Helga? Agora aos setenta e tantos... Durante muito tempo achei que soubesse o que você pensava sobre o amor, sobre nós, nossa vida, mas e agora?

— Amar é estar com você, me perdoe por isso...

— E quando apareceu isso? Quando começou a se sentir perdida que não vi?

— Desde o início e isso não é com você, mas comigo. Nunca entendi meus delírios, minha ansiedade. Os filhos cresciam e eu me perguntava se a vida era aquilo mesmo ou se havia outro propósito.

— Nunca pensou em buscar ajuda?

— Eu buscava. Saindo com outros homens, como você sempre soube. Mas isso não bastava. Voltava igual. A mesma angústia de sempre.

— E foi bom transar agora com esse garotão?

— Foi. Mas continuei com o vazio de sempre.

— O que foi bom?

— Como assim?

— Ele fez o que com você?

— Isso não importa agora.

— Claro que importa. Você jogou nossa vida para o alto, no lixo e há nove meses já estava com esse garoto de trinta anos. Você sabe bem o que ele quer de você.

— Samuel, vamos pular isso.

— Não. Eu preciso saber. O que era ruim comigo? Sempre foi?

— Não.

— Você teve orgasmo com ele?

— Sim, tive.

— Ele te pegou com força?

— Samuel, chega.

— Vocês fodiam várias vezes no dia?

Ela, em silêncio.

— Essa entrevista não faz sentido algum.

A raiva tomava conta dele.

— Faz sentido deixar cinquenta anos de casamento, dizer que não ama mais e desaparecer por todo esse tempo? Faz sentido abandonar nossos planos, rotina, sonhos e tudo mais? Isso faz sentido, Helga?

— Naquele momento que parti, fez.

— Você já estava saindo com ele antes, né? Pode dizer. É melhor dizer.

— Sim, nós nos conhecemos um dia quando fui fazer a feira e ele estava lá. Olhou para mim de um jeito diferente e pediu meu telefone.

— Olhou como? Você saiu com um moleque da feira? Você me trocou por isso?

— Não foi bem isso. Nós nos encontramos uns dias depois e tomamos um café na padaria.

— Transaram nesse dia?

— Sim. Fomos à casa dele e lá ficamos.

— E quantas vezes mais enquanto estávamos juntos, Helga?

— Não sei... umas duas ou três.

— Sei...

— Acho que ele me fazia sentir jovem novamente. É uma sensação diferente. Um dissipar da morte, Samuel. Entende isso?

— Não. Sentir-se jovem? Para esquecer que vamos morrer em breve? Para se livrar de algum arrependimento fútil. Ah..

— Ele me trazia um outro mundo, com outras expectativas. Me tirava da rotina que o casamento impôs a mim na velhice.

— E quando você voltava pra mim, o que pensava?

— No começo eu não sabia bem o que estava sentindo. Sabia apenas que era especial. Não pensei em você nem em seu sofrimento. Por isso, como uma menina, acabei agindo assim com medo de você descobrir.

— Não pensou em me falar para continuar vivendo isso com ele por medo? Mas não pensou no sofrimento de um velho que te ama acima de tudo? Que te desejou a vida toda?

— Não —, respondeu ela olhando para baixo.

— E o que te traz aqui de volta? Ele te chutou é isso?

— Não. Ele ainda me quer —, respondeu ela olhando para a janela.

— E por que não fica com ele?

— Não o amo. Amo você.

— Me ama? E o que me garante que você não vai fazer isso novamente? Não vai dar tempo? Morro antes? É isso...?

— Não sei.

— E como vou viver com essa memória do abandono que você criou? Vou desconfiar sempre que poderá fazer isso de novo, Helga.

— Samuel, eu amo você e isso é certo na minha vida.

— E como você acha que eu estou, Helga?

— Te entendo... sei que tem mágoa. Muitas.

— Mágoas? É isso que você acha que sinto por você? Eu ainda te amo do mesmo jeito que sempre amei. Você continua sendo a razão da minha velhice e do meu passado. Você foi a única mulher que amei. Não me sacrifiquei nem um minuto por você. Tudo o que fazia era para nós e me enchia de alegria e prazer. Ao seu lado eu fui o homem mais feliz que existiu. Tenho certeza disso.

Helga olhava apreensiva para o marido.

— Quero que saiba que qualquer decisão nossa daqui para frente será difícil. Sempre vou desconfiar que vai me deixar novamente.

— Samuel, eu estou livre disso. Acredite em mim.

— Livre?

— Quero terminar nossa vida juntos. Me dê essa chance, por favor.

— Helga, uma coisa quero que saiba. Eu ainda te amo e sem você meu abismo é maior. Preciso de você aqui comigo. Sei disso. Mas preciso de tranquilidade e sossego e não sei se você conseguirá me trazer isso novamente.

— Me dê essa chance —, insistiu ela.

• • • • •

Samuel permaneceu calado. Levantou-se, estendeu a mão à esposa e pediu que fizesse a cama. Já era tarde.

Helga olhou feliz, mas desconfiada.

Ele pediu que ela fosse para o quarto do lado. Que dormisse! Amanhã teriam muito o que fazer na casa.

Ela entendeu tudo e entrou pelo corredor.

Ele olhou pela janela da sala à espera de encontrar uma resposta para ela... para ele mesmo. Perguntava-se: como lidar com a solidão a essa altura da vida?

A noite engoliu a resposta.

ÀS 4H40

"Preciso melhorar. Não sei como... Dizem que o tempo cura, mas quanto tempo? E eu quero ser curado?"

Já eram 4h40 da manhã, quando Samuel, ainda acordado, recebeu as primeiras mensagens no WhatsApp. Como de costume, sabia que poderiam ser de Helena. O casamento acabara, por decisão dela, depois de 13 anos, por motivos inesperados e não justificados a Samuel. Helena tinha ficado na casa de campo e Samuel estava no apartamento que tinham comprado na capital. Em uma noite de junho, Helena disse a ele, inesperadamente, que não tinha certeza se o amava e que não queria continuar casada. Falou tudo pelo telefone. Ligou no fim de um domingo e despejou a rejeição da vida no marido que, perplexo, questionou se ela estava surtando. Não, não estava. Ela insistiu em dizer que não queria mais continuar com ele.

    Durante a semana, Samuel prosseguiu sem viço até que ao fim de quase duas semanas as mensagens começaram no

WhatsApp. Em princípio, Samuel, atônito, não entendia tudo o que estava acontecendo. Viviam bem e inesperadamente tudo aquilo. As crises de ansiedade aliadas à tristeza tomaram conta dele. Para diminuir a dor, bloqueou Helena das suas redes sociais. Ela insistia em postar passeios pelo parque, gargalhadas com amigos, viagens, compras e outros delírios para uma pessoa recém-separada. Sabe-se lá com quem mais estaria andando, imaginava Samuel aterrorizado. Deixou apenas o WhatsApp desbloqueado para ela, caso houvesse algum arrependimento.

No trabalho, disfarçava como podia. Os colegas, sempre com a desconfiança na ponta da língua, perguntavam se estava tudo bem

— Por que você emagreceu tanto?

Mas a maldade tem pernas longas, e a tortura era sempre maior a cada dia. Samuel, naquela noite gelada, não conseguiu dormir, como se repetia há 15 dias. Ouviu a primeira notificação da ex-esposa ainda às 4h40 da manhã.

— Samuel, tudo bem? Está acordado?

Era uma mensagem de Helena. O coração bateu forte. Teria ela se arrependido?

— O que você acha? —, escreveu ele após alguns minutos.

— Posso te ligar?

— Pode.

— Quero que entenda que não tenho mais paixão por você. Isso acabou. Quero ficar livre, sem horário para chegar ou sair. Podemos ser amigos...

— Mas algumas semanas atrás você disse que me amava, não foi?

— Amo de uma forma diferente. É que você interpretou de outro jeito. E na verdade, eu preciso de um tempo, como te falei ontem. E o que eu disse é que quero ficar sozinha. Mal tenho quarenta anos e muitas dúvidas me perseguem. Posso frequentar a nossa casa, dormir no quarto de hóspede, mas não com você. Eu não tenho um lugar para ficar aí na cidade e preciso desse apoio para quando viajar.

— Mas isso não faz sentido. Como assim? Você já pensou em como eu vou me sentir? Olha, você me pediu um tempo... Disse mais: "Não sei se te amo". Desconfio mesmo que não sabe o significado prático do que vem a ser "tempo". Você não calculou o impacto disso na minha vida, apenas na sua. E está dizendo que vai ser melhor para nós? Sim. Aceito, o que posso fazer às 5 da manhã dessa noite chuvosa?

· · · · ·

— Mas quero que saiba: tempo pra você, é abismo pra mim, Helena. Dar um tempo é coisa grande demais. Um dia para você, um mês ou sabe lá quanto não é o mesmo pra mim. Vivo a intensidade dos nossos sonhos, da sua alegria, dos nossos desejos, que você quer apagar. Dar um tempo é coisa de gente chique, sofisticada, como você! Gente como eu não dá tempo, pois me preocupo com nosso filho, com nosso futuro e com sua alegria. Quero te amar apenas, Helena.

● ● ● ● ●

— Samuel, eu entendo o que quer dizer, mas vai ser melhor pra você assim.

— Não se atreva a dizer o que será melhor pra mim!

— Eu tinha planos com nossa casa de campo, sabia? Com os retratos na parede. Com o nosso futuro. E já me via cuidando de você. Sua dúvida, seu "tempo", interrompeu isso. Minha alegria, que achei que fosse nossa, era chegar em casa e abraçar você, os cachorros, ver nosso jardim. Consertar a cafeteira, que você nunca soube usar. Também tinha alegrias em dormir com você à tarde na sala, aos domingos. Irmos ao cinema, sair para jantar. Seu tempo, Helena, interrompeu isso.

— Você com seu tempo interrompeu meu convívio com nosso filho de cinco anos. Isso era um conforto, uma verdade que construímos para ele. Tudo bem que para você não tivesse outro jeito diante da sua dúvida. Quer acabar nosso casamento? Tem outro homem? Tudo bem, mas precisa ser dessa forma? Com essa crueldade? Fiquei com sua dúvida e sem todas as outras certezas da minha vida, aquelas que pensei fossem da nossa vida...

— Samuel, não exagera! —, disse ela após alguns minutos.

— Pare, Helena. Isso não foi o mais grave ainda. O pior foi a história de 13 anos em que você me fez desacreditar. A dúvida sobre isso me corrói. Talvez você nunca tenha mesmo me amado. Não sei se você consegue amar alguém, Helena. Desconheço essa mulher que tanto amo. E agora o que sinto?

É possível que você nunca tenha me amado. E eu tenha dependido muito de você. Amor talvez não tenha havido entre nós...

— Você me oprimiu, Samuel...Queria te dizer isso, precisava desabafar.

— Você me disse que eu estava te stalkeando, mas, estranho, após 13 anos isso aparecer. No primeiro mês de namoro, você já falava com outro cara e marcava encontro na internet e, quando te falei disso, você não disse que estava te stalkeando. Ali já era uma pista que não consegui ver. Podia ter parado ali, Helena, disse que não era bem o que eu li, era comum, sem maldade. Casamos dois anos depois com alguma insistência minha. Vejo hoje que você nunca de fato se interessou pelo meu amor por você.

— Você está sofrendo, Samuel, e eu sinto muito...

— Sente muito?? Sente muito, Helena? Os amigos me dizem que não estou só, que estão comigo e tal, mas meus ouvidos nada escutam, pois é o coração que grita... Eu queria apenas ouvir sua voz que não vem. As pessoas me abraçam e eu nada sinto. Nossos amigos lamentam. Olho ansioso o WhatsApp à espera de uma mensagem sua. Acordo à noite sobressaltado. E, quando vem uma mensagem, é isso que você me manda?

· · · · ·

— Olha, Helena acho que voltarei a ter planos, ter família e ter alegrias. Novas memórias surgirão. Na verdade, não acredito muito no que estou falando. Não tem como eu acreditar num futuro a partir desse lugar que estou. Não consigo me ver amanhã sem você, sabia? Quero voltar a ter planos. E, apesar de você ter qualidades, não será com você que farei novas histórias. Uma pena... sofro por isso. Helena, quando esse dia chegar, e não vai demorar, um advogado vai te mandar uma mensagem para resolver nossa partilha de bens. Os bens que com tanto esforço adquirimos. Neste dia, acho que estarei livre do medo, da insegurança e da ansiedade que se apossaram de mim de um jeito avassalador. Estou destroçado com sua insensatez, crueldade e frieza.

• • • • •

— Tenho a impressão de que já se passaram anos que não te vejo, ouço tua voz, sinto teu corpo..., mas o que isso significa pra você? Nada... Quando penso em você, penso com carinho em tudo o que fizemos nos melhores momentos. Nosso filho. Os bichos. Isso tá me ajudando. Sigo como uma planta arrancada da terra. Sem terra, morrendo aos poucos, jogado ao chão.

• • • • •

— Nem consigo chorar, pois não há lágrimas nem agora falando com você. Enquanto isso, sigo também fingindo, no trabalho, que estou ótimo e penso que tudo é um pesadelo temporário, já que falei para alguns mais íntimos, que perceberam.

— Você vai conseguir se tiver paciência, Samuel.

— É isso que tem a me dizer? Para ter paciência que te esqueço? Helena, comprei roupas novas, para disfarçar melhor esse maldito sofrimento. Inventei que estou de dieta, para ser mais fácil justificar as mudanças no meu corpo. Finjo também para meus pais e alguns amigos, que insistem em perguntar por você.

• • • • •

— Helena, sigo com muitas saudades de tudo. Do seu bolo de milho, de nosso churrasco de sábado, de nossas viagens de férias. O difícil é reaprender a começar, para quem estava no meio. Preciso de um novo início. Não com outra pessoa... Agora eu sou uma novidade aos quarenta, como fui aos vinte e sete quando nos conhecemos. Uma novidade pra mim muito dolorosa. Às vezes me pergunto se isso tudo não é um pesadelo que passará logo. Mas não é... Não passa, não se altera. Não tem fim, Helena. Preciso melhorar. Não sei como... Dizem que o tempo cura, mas quanto tempo? E eu quero ser curado?

— Por que não procura ajuda médica?

— Você não consegue mesmo se colocar no meu lugar, Helena. Que tipo de monstro você se tornou e eu não vi por todos esses anos? Me sinto uma criança que tem medo de dar o primeiro passo na vida porque não tem memória do que significa, apenas medo de cair, consegue entender? De todo jeito, sigo ainda te amando, Helena... de hora em hora.

— Acho suas palavras bonitas e compreendo, Samuel.

— É o que você consegue me escrever? Essa hora estaríamos juntos levantando, você fazendo o café, enquanto eu ia à padaria. Certamente, você já está com outro e vive momentos de alegrias e eu sou apenas uma vaga lembrança de algo que nunca foi verdadeiro.

• • • • •

— Eu fico com medo de ir embora da sua vida... Acho que, depois, você vai me procurar ou sei lá o quê. No fundo, você já procurou outro homem, como eu sei, e não se preocupa em nada com o que eu sinto. Até para nossa casa de praia você já o levou!

— Isso não é verdade. Não há ninguém. Não precisa ter alguém para querer se separar, Samuel. Bom, tenho que desligar, já quase amanhece. Sinto por isso tudo. Você é um ótimo homem, foi um ótimo marido e vai encontrar alguém que te entenda melhor que eu. Abs.

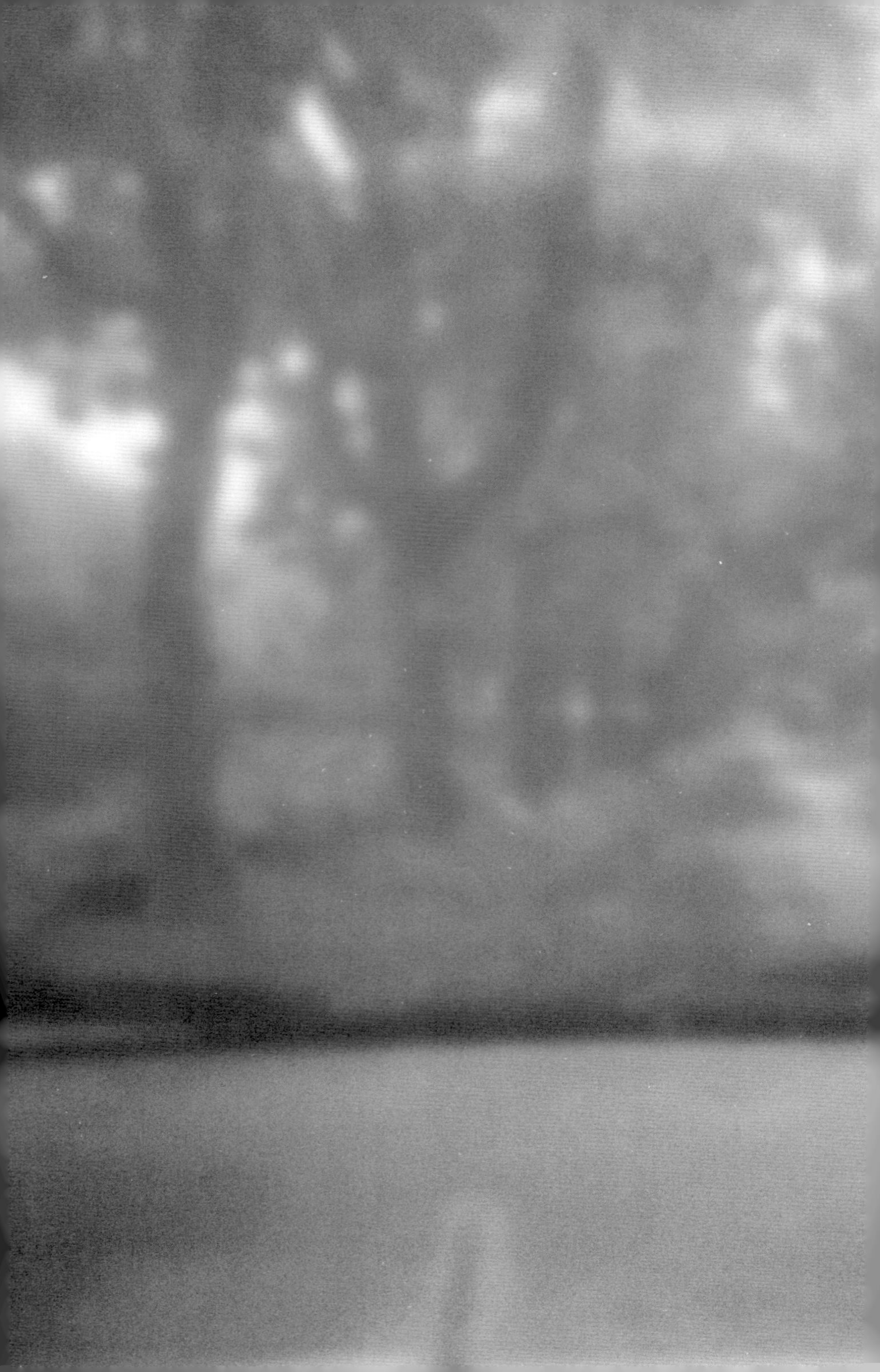

60 +

"Olhou para as fotos penduradas na geladeira. Ali muita vida o ameaçava: viagens, aniversários, recados...tudo misturado como agora estavam seus sentimentos."

Ninguém está preparado para o abandono. Alberto, aos cinquenta e oito anos, também não sabia como viver sem o marido, afinal, estava acostumado com as décadas de relacionamento. Samuel estava prestes a completar sessenta anos quando começaram a surgir sinais de desconfiança em Alberto. Estavam juntos havia trinta anos, a vida estabelecida. Mas às tardes Samuel pegava o carro e saía para encontrar com suas insatisfações existenciais e conjugais. Já por algum tempo mantinha intactos hábitos da juventude...

Quando Samuel apareceu com uma bicicleta e disse sentir-se livre nas trilhas das ruas, das matas, do rio, Alberto observou com desconfiança. A cidade era pequena e, no começo, ninguém maldou. Porém, Samuel estava longe de ser uma pessoa tranquila: por trás da doce simpatia e alegria de sempre, escondia uma identidade frágil, confusa e insegura. Seu corpanzil também não ajudava e de longe era visto de forma inequívoca. Era um homem alto, calvo, gordo e com uma barriga protuberante, denunciando que já gastara ali muitos fardinhos de cerveja.

À noite era comum ver Samuel passeando de carro pelas periferias dos bairros. Sabe-se lá o que fazia, mas a faxineira da casa, D. Isaura, havia comentado algo com o empregado Jefferson, dizendo que vira seu Samuel de carro logo ao cair da noite, lá pelos lados do ferro velho. O "Lá" era bem conhecido no bairro como uma zona de prostituição masculina e não era incomum ver alguns carros passando à noite.

Samuel não trabalhava no mundo corporativo. Vivia com o rendimento do casal e também pensava que já muito havia contribuído para casamento, uma vez que herdara a propriedade em que ambos moravam, e isso bastava. No passado, havia trabalhado como professor de uma faculdade local, mas, sem sucesso, logo foi demitido. Era preguiçoso, não chegava no horário, e as inúmeras reclamações dos estudantes foram suficientes para a demissão depois de menos de uma década de docência. Antes disso, passara por outras escolas, mas sempre sem sucesso. Agora, esperava a aposentadoria tranquilamente e na chácara fazia as vezes de um barão decadente do café, olhando para a pequena propriedade como se fosse uma longa extensão de terra. "Tudo meu", pensava em voz alta, e adorava contar o passado glorioso da família aos vizinhos e a mais quem ali chegasse.

A relação com Alberto era algo não muito comentado e ninguém sabia como começara. Samuel sempre o apresentou como sócio, desde o início quando os pais ainda eram vivos. A chegada de Alberto à propriedade foi bem recebida e os idosos engoliram a desculpa de que era uma sociedade, até porque Alberto era médico e sua dedicação e apreço ao trabalho rendiam elogios. Como ninguém se queixa quando recebe rendas, tudo se ajeitou perfeitamente e a responsabilidade pelos boletos era bancada pelo novato médico já naqueles longínquos vinte e tantos anos. E em nome da família e dos pequenos costumes de um cotidiano em uma cidade do interior, Samuel fazia questão de manter essa chave de segurança, que era, a bem da verdade, aceita pelo marido mesmo com certo desconforto.

Alberto era um homem alto, cabelo ondulado, olhar meigo. Um corpo esguio e forte o destacava entre os demais, o que confundia até as mulheres, que sempre se encantavam com Dr. Alberto, como o chamavam.

E naquele inverno chuvoso de julho, Samuel resolvera mais uma vez sair para passear no fim da tarde. Incomodado, Alberto arquitetou uma situação, pois queria saber se o marido tinha outro. Ao entardecer, ligou do consultório e disse que passaria no mercado e na padaria a fim de fazer umas compras. Mas o que Samuel não sabia era que Alberto ouvira os empregados comentando dias antes sobre o tal episódio relatado por D. Isaura. Foram dias remoídos de angústia e raiva. Resolveu ele mesmo verificar, pois o marido informara que iria visitar a mãe e depois voltaria para a chácara.

Não era novidade para Alberto a traição do marido. Anos antes, Samuel havia levado à entrada da propriedade um rapaz desconhecido e a história somente veio à tona por conta de um vizinho que, inesperadamente, fora fazer uma costumeira visita ao compadre e na entrada encontrou Samuel com carro parado e alguém dentro. Essa história andou entre os empregados da chácara e Jefferson chegou a seu Alberto, comentando o que ouvira. Alberto pediu que ele não falasse ao marido sobre isso, e encerrou o assunto. Sentiu o ímpeto de tirar satisfação, horas depois, mas o medo de perdê-lo era maior que a ansiedade por cobrança e resolveu manter tudo como estava. A angústia acompanhava as noites de Alberto, que não dormia sem seus comprimidinhos.

Mas, como à noite tudo muda de identidade, aquela não seria diferente. Alberto estacionou o carro numa rua próxima ao lugar do qual a faxineira havia falado. De boné, permaneceu escondido entre as árvores. Já eram mais de 20h e nada de ver o marido o que para ele era um alívio. Pronto para desistir e ir embora, eis que o carro conhecido, um veículo vinho e grande, faróis largos, aproximou-se lentamente. Alberto sentiu-se mortificado. Naquele momento, lembrou-se de quando conhecera Samuel, os primeiros anos, as promessas de fidelidade, as conversas à noite. Sentiu seu corpo tremer. Sua boca ficou seca. O que fazer diante de tanta covardia? Sentiu-se fraco, abandonado, com medo. Ele sempre desconfiava das palavras de amor do marido, mas ver isso bem à sua frente ultrapassava qualquer desconfiança e justificativa. No fundo, obrigou-se a ter dúvida. Havia de não ser verdade o que via. Outros carros parecidos têm na cidade. O do próprio primo de Samuel, Lucas, era daquela marca e Alberto também sabia desses costumes do primo. E a pergunta que atormentava Alberto era: O QUE FAZER? A noite estava clara e a lua ajudava a iluminar o local. Era mesmo o carro do marido.

    Samuel aproximou-se lentamente e parou o carro numa vaga. Não tardou e um "boy" aproximou-se e entrou no carro. Em princípio, ficaram ali por alguns intermináveis minutos até que saíram juntos. Alberto estava petrificado. Amava profundamente o marido e não enxergava sua vida sem ele. Eram muitos anos juntos e uma vida construída. Por um momento, sentiu saudade do passado, do início e das ilusões dos primeiros anos. Seus pensamentos o conduziam para as mentiras flagradas ao longo do tempo, as insistentes brigas que aumentaram muito na segunda década do casamento. Samuel nunca o tratara com carinho. Sempre uma palavra áspera em casa, uma ausência inesperada quando mais precisava. Presentes nunca recebera do marido, que alegava que Alberto já tinha tudo e que não sabia comprar nem tinha tempo. Sexo raramente praticavam, nos últimos anos, e, há bastante tempo, a cobrança que Alberto fazia sobre a impotência do marido incomodava-o visivelmente. Samuel era ríspido em dizer que isso não era da conta dele.

Alberto, atônito e imóvel, ali continuou em pé atrás da árvore. Pensou em sair. Não sabia para onde, e outros carros paravam também. Queira correr, mas não tinha ânimo. Decidiu esperar o retorno do marido, que não apareceu na hora seguinte e, lá pelas 22h, Alberto pegou seu carro e partiu.

Ao chegar em casa, notou que o carro do marido já estava na garagem. Estacionou ao lado e entrou pela porta de trás. Não queria olhar para Samuel e correr o risco de encontrá-lo na sala vendo televisão. Na cozinha, correu à geladeira para ver se encontrava algo para comer. Sentou-se à mesa e ali permaneceu por vinte minutos até que Samuel cruzou o batente da cozinha. O que você faz aí calado? — perguntou o marido:

— Estou pensando na nossa vida —, respondeu secamente após uma longa pausa. Samuel fez cara que não entendeu a resposta.

— Venha logo para gente ver um filme —, convidou burocraticamente o marido.

Alberto permaneceu ali por quase uma hora sentado naquela mesa, com o olhar perdido em alguma lembrança que o pudesse salvar da tragédia existencial em que estava enfiado. Sentia-se devastado e tentava entender por que vivia aquilo, que expiação ainda tinha que passar ao lado do homem que tanto amava, porque justo ele? Pensava na separação, mas tinha medo da solidão das festas de fim de ano, do abandono nos fins de semana, da tristeza dos feriados, dos domingos entregues à televisão e tudo o mais que passaria sozinho. Também sentia medo da felicidade do marido sem ele. Dos novos amores que teria, das viagens que faria e dos momentos de alegria que poderia ter ele sem. Questionava-se sobre isso. Olhou para as fotos penduradas na geladeira. Ali muita vida o ameaçava: viagens, aniversários, recados...tudo misturado como agora estavam seus sentimentos. Uma alegria nervosa tomou conta dele. Estranhamente não viu Samuel em nenhuma das imagens. Levantou-se e caminhou até a cristaleira da cozinha, abriu a caixa de remédio e tomou um comprimido para dor de cabeça. Alguns minutos depois, saiu apressadamente dali. Passou pela porta do quarto do casal e disse a Samuel que iria dormir no quarto de hóspedes. A cabeça doía extremadamente. Não ouviu resposta do marido. Na cama, deitou-se de roupa, tirou apenas o sapato. Olhou para o relógio e ainda era meia noite. Ficou deitado olhando para o teto, virando para lá, para cá. Após um tempo, decidiu ir à cozinha novamente tomar água. Passou pelo quarto onde o marido dormia; ouviu apenas o ronco. O relógio da parede da cozinha marcava 2h da manhã. Tomou um gole de água, estava sedento. Ficou por ali a olhar cada objeto, a remoer cada lembrança. Retornou para o quarto e por alguns instantes parou atrás da porta de vidro que levava ao dormitório do casal. A luz da lua passava pela claraboia e tudo iluminava. Era uma noite linda, a mais linda que já vivera. Pensou em Samuel e como o amava. De repente sentiu-se feliz como nunca. Riu alto. Entrou no quarto de hóspedes e deitou-se.

    Esperou sinais do amanhecer e eles não demoraram. Ouviu longe rumores se espalhando pela casa. Parecia que D. Isaura chorava e andava com passos apressados. Alberto não se preocupou em levantar e ficou na cama. Aquele dia seria longo, demais. Pensou no marido e na sua impossibilidade de amar. Sentiu uma dor enorme, virou para o canto e continuou deitado até onde não sabia mais.

MANDA "NUDES" E TE CONTO TUDO!

"Amor é feito de palavras, de toques, de demonstrações de carinhos, Samuel."

O voo sairia às nove e quarenta. Ariel acompanhava, olhando a cada cinco minutos o painel de informações do aeroporto. Em breve estaria com Samuel, seu namorado virtual. Ficaram mais horas nas câmeras do que corpo a corpo. Recordava o primeiro encontro ao vivo com ele e como havia sido desastroso. Os dois se conheceram num aplicativo de namoro e há quarenta dias se falavam toda noite. Nos primeiros dias, as conversas foram de horas e, antes de completar uma semana, Samuel adiantou-se e embarcou no primeiro voo de uma sexta-feira chuvosa para encontrar Ariel, mais de três mil quilômetros de distância.

● ● ● ● ●

— Acho que vou comprar passagem para nos encontrarmos, gosta da ideia, Ariel?

— Quando você pensa em vir?

— Por que, não pode me receber? Você não tem tempo para mim?

— Não é isso, mas tenho que me programar, ver horários e tudo mais. Além do quê, eu trabalho e preciso ver como estará meu dia.

— Se você não tem tempo para mim, melhor eu nem ir. Se você não me vê como prioridade na sua vida, um homem que está pronto para te amar, te proteger e te fazer feliz, não sei se vale a pena mesmo continuar.

• • • • •

Era tamanha a vontade de se verem que ambos concordaram com a velocidade das decisões. Ariel não deu atenção às falas de Samuel, sua vontade de amar era maior. Em seis dias de conversas longas por vídeo e telefone, a afinidade entre os dois cresceu, apesar de alguns atritos. Nas longas gargalhadas, nutria um sentimento estranho por ele e, quanto mais passava o tempo, mais saudade experimentava. Nos primeiros dias, os assuntos não evoluíam muito, e Ariel percebia algumas diferenças entre eles.

— Você gosta de fazer o quê, Samuel?

— Gosto de tudo! Mas o que você quer saber? Na cama? Na rua? Onde? Fale com mais clareza e objetividade. Manda *nudes* e te conto!

• • • • •

Samuel, desde o início, queria ver *nudes*. Chegou mesmo a dizer que não era normal não ter visto o álbum de imagens íntimas de Ariel e que desconfiava desta negativa. Assim, não evoluía esse assunto, para o incômodo dele.

• • • • •

Quando Samuel mandou fotos nuas e perguntou se seria retribuído, Ariel desconversou. Samuel tinha cinquenta e oito anos, era engenheiro e bem-sucedido na profissão. Gostava de luxo e não se envergonhava de viver uma vida de ostentação, o que para Ariel era algo pequeno e sem importância, quase uma bobagem. Na identificação do aplicativo, tinha colocado "Homem calmo, leve, carinhoso, estável e que ama viajar. Carinhoso, atencioso. Bebe socialmente e é aberto a possibilidades". Ariel tinha mestrado em psicologia, profissão que escolhera após um longo período de turbulência pessoal e familiar. Estava sem se relacionar afetivamente e sexualmente há um ano. Seu casamento se encerrara após dezoito anos. Sofreu com a falta do ex-marido no início, mas foi uma decisão dele, em busca de novas aventuras com poliamor, como disse. Há quase um ano, tentava novo relacionamento, namoro ou estar com alguém, mesmo à distância. Os aplicativos eram bons para esse se conhecer pessoas e fazer contatos, mas não ajudavam muito depois de alguns dias. Ou logo se trocava o telefone, ou o assunto morria. E não era raro também qualquer pergunta malfeita ou interpretada erradamente e os interessados sumirem. Com Samuel havia sido diferente, e Ariel se envolveu com o jeito intenso e persistente dele. Contudo, não funcionavam bem presencialmente, as implicâncias eram repetidas e as falas, agressivas. Ariel sabia que amar alguém tão diferente exigiria mudanças e adaptações. Dispunha-se a isso, pois a atenção que Samuel deu aos encontros desde o início foi um feitiço, fosse pela carência em que vivia, fosse porque ele estava insistentemente presente a cada momento. Riscos e surpresas eram muitos, como o que aconteceu no hotel, no primeiro encontro.

— Quero trepar com você no banho. Entre lá e tire a roupa.

— Você quer me usar, é isso? —, respondeu Ariel rispidamente.

— Quero! Não seja tão inocente e não venha com esse papo de demissexual, que não cola, Ariel.

— Você trouxe camisinha?

— Uso PrEP*. Não tem problema ser sem camisinha, disse ele.

— Não faço sem preservativo —, respondeu baixinho Ariel.

---

* [Nota do Editor] "Uma das formas de se prevenir do HIV é a PrEP, a Profilaxia Pré-Exposição. Ela consiste na tomada de comprimidos antes da relação sexual, que permitem ao organismo estar preparado para enfrentar um possível contato com o HIV" - definiçao do Ministério da Saúde. Link: PrEP (Profilaxia Pré-Exposição) — Departamento de HIV, Aids, Tuberculose, Hepatites Virais e Infecções Sexualmente Transmissíveis acesso em 15/03/25

· · · · ·

Os impasses eram tantos que a viagem à cidade de Samuel seria uma aventura, quase uma desventura, como verificou depois. Ao chegar lá, aguardou o voo aterrissar, ligou o celular e foi ao banheiro, assim que saiu do avião. Não era isso que haviam combinado, mas por causa do peso da semana e da ansiedade pelo encontro, preferiu se preparar melhor, jogar uma água no rosto. Samuel enviara várias mensagens que não foram respondidas. Quando se encontraram no estacionamento do aeroporto, o mal-estar provocado foi grande. Samuel não demonstrou paciência, carinho ou alegria com a vinda de Ariel. Permanecia em silêncio, distante, apenas manobrando o carro.

— Por que não mandou mensagem assim que chegou, como pedi?

— Porque preferi ir ao banheiro antes, algum problema, Samuel?

— E o que você fez no banheiro? Ou é um mistério, como tudo em você? Eu vi que estava *on-line* e, mesmo assim, me ignorou?

Ariel se aborreceu com a chegada. O incômodo com a desconfiança de Samuel estava ficando maior que a vontade de permanecer com ele. Sempre com perguntas e suspeitas despropositadas... Isso parecia gerar ainda mais dependência emocional em ambos. Estavam apaixonados, pelo menos Ariel já havia falado sobre seu sentimento várias vezes com ele. Samuel pensava muito nas diferenças sociais, econômicas, políticas e outras mais. Seu posicionamento era conservador, mas tentava esconder ao dizer que não era de esquerda nem de direita. Era de família bem rica e de carreira promissora também. Seu cotidiano privilegiava uma vida material opulenta: carros, viagens ao exterior etc., e tudo pronto para ser bem usado e exibido. Gostava de luxo, bebidas, viagens e sexo, claro. Tinha deixado isso bem frisado nas inúmeras vezes em que pediu *nudes* a Ariel.

• • • • •

Ao entrar em casa, Samuel lembrou-se que sapatos ficavam na entrada, que o banheiro debaixo era para uso rápido e que Ariel deveria usar o banheiro e o quarto do filho, que não mais morava com ele.

— O que mais eu não posso fazer? —, perguntou Ariel, olhando para ele, brincando distraidamente.

— Vamos almoçar e depois deitar um pouco? Estou cansado.

O retorno do almoço foi como o planejado. Chegaram, subiram para o quarto e deitaram-se. Na cama que era bem grande, Samuel ficou mais na ponta, apequenado; distante. Ariel aproximou-se e começou a beijá-lo pelo corpo todo, sem resposta. Após algum tempo, Samuel disse que não rolaria, que não estava "pilhado".

• • • • •

— Você quer tomar o comprimido?

— Não preciso usar nada disso para ter ereção. O problema é com você!

— Mas no hotel na primeira vez eu vi você tomando.

— Você deve estar se confundindo com seus contatinhos. Aqui tudo funciona muito bem. Basta você fazer direito, se é que sabe, para tudo dar certo, falou Samuel, virando para o lado.

— Por mim, não há problema, o que me interessa é estar com você aqui —, respondeu Ariel, depois de um longo tempo olhando para a porta do quarto.

• • • • •

A casa era grande, ampla e com móveis aparentemente caros e luxuosos, tudo em perfeito diálogo com luz, espaço, objetos. Samuel antecipou-se a fazer o churrasco e não pediu ajuda. Ariel colocou, enquanto ele preparava a carne, Elis Regina na Alexa, e permaneceu ao lado, olhando tudo e bebendo vinho. Em cinco minutos, Samuel desligou a música e ligou a TV dizendo que era para Ariel se atualizar. Após minutos de silêncio, Samuel resolveu mostrar a casa e suas preciosidades artísticas sempre como conquista de viagens, como relíquias a serem admiradas. Mas Ariel olhava tudo em silêncio sem demonstrar encanto ou surpresa. Diante da tela de Botero, Samuel questionou se Ariel conhecia:

— Já ouviu falar em Botero? Sabe quem é esse artista ou não entende nada disso?

— Sim, claro! O artista colombiano.

— Oh, que surpresa, você não se isola tanto então em sua bolha —, disse ironicamente rindo.

• • • • •

Ariel pediu a Alexa que tocasse Belchior, já que Samuel desligara a TV.

• • • • •

O churrasco foi servido no mais profundo silêncio, apenas com a música que tocava num volume bem baixo, a pedido de Samuel.

• • • • •

Pouco antes das 23h, Samuel chamou Ariel para assistirem na TV a um filme de conteúdo adulto. Mesmo com a sua insistência em carinhos e beijos, Samuel permaneceu distante, olhando para a tela como se não estivesse ali. Em alguns minutos, desligou tudo e disse para irem dormir.

— Melhor subirmos, tomamos um banho e nos deitamos. Estou muito cansado para qualquer aventura hoje.

— Nessa ordem? —, questionou Ariel.

— O que você quer mais? Às vezes, acho que vocês de aplicativos são todos doidos. Pensa que poderá encontrar outro homem como eu na sua vidinha torta?

— E você se inclui nisso, Samuel? Também se acha louco? O que você está insinuando com "vidinha torta"?

• • • • •

Deitaram-se como estranhos. Samuel tomou um comprimido para dormir e ofereceu outro a Ariel, que recusou, questionando a necessidade.

• • • • •

— Se não tomar, não durmo.
 — Mas comigo aqui, isso não seria bom, Samuel?
 — E por que seria? —, ironizou ele, ao deitar-se e virar-se para o outro lado.

• • • • •

Por volta das 3h da manhã, Ariel levantou-se da cama e deitou-se no sofá no andar debaixo. Antes das 6h, Samuel também levantou-se e foi até o sofá.

• • • • •

— A cama não estava boa? Tudo o que estou fazendo para você não é o suficiente? O dono da casa não costuma ser tão disponível para visitas —, disse ele descendo as escadas e parando em pé ao lado de Ariel.
 — Ficar só lá, prefiro aqui. Isso é alguma vingança sua por algum motivo?

— Não estou aqui para ouvir isso, de qualquer um de aplicativo.

— Sente-se. Não acabei de falar —, ordenou Ariel, segurando-o pela mão. — Desde que cheguei nesse lugar, foi tanta grosseria sua, que nem sei por que estou aqui. Você me parece apenas um administrador de bens, de herança. Seu coração é um bloco de gelo. Você não tem nada dentro. Não tem sensibilidade alguma, egocêntrico!

— Ariel, você sequer me fez um elogio desde que chegou, não comentou nada da casa, do carro novo! Você não reconhece os sacrifícios que faço por você, e duvido que alguém no mundo faria melhor ou já fez algo próximo a isso por você.

— Eu falei sobre isso com você, que me apaixonei, que você é um homem incrível, mas isso não basta. Precisa ser recíproco. Em quase dois meses de contato, não tem uma palavra de afeto. Amor é feito de palavras, de toques, de demonstrações de carinhos, Samuel. Você não me tocou até agora, não demonstra qualquer tipo de felicidade com minha vinda pra cá. Insiste em dizer que dependo de suas migalhas. Todas as suas palavras pra mim são ofensivas, grosseiras e egoístas. Não fico mais um minuto nesta casa.

— Você desde que chegou em minha vida, me tirou a paz. Não consigo pensar em nada, passo horas e horas com você na cabeça. Você ocupou tudo me mim. Mas pode ir, se assim quer, Ariel —, disse ele, dirigindo-se para a cozinha.

Ariel neste momento subiu apressadamente a escada e fez a mala. Em cinco minutos, desceu. Saiu sem olhar para trás. Ao cruzar a portaria vazia, notou que chovia bastante. Na rua, andou um quarteirão e sentou-se em um ponto de ônibus. No bairro distante, não havia lojas ou qualquer movimento. Era 6h da manhã. Pegou o celular e foi buscar um hotel. Para sua surpresa, viu que tinha apenas 10% de bateria. E o pior: o carregador ficara na casa de Samuel. Ariel foi ao WhatsApp. Samuel tinha bloqueado seu nome. Olhou ao redor em busca de ajuda. Nada, nem ninguém, além da chuva intensa. Pensou no que fazer, já que não sabia o número do apartamento e a arquitetura do prédio não facilitava. Como conseguir falar com Samuel? Imaginou que ele pudesse estar no aplicativo. Baixou o aplicativo de sexo e a primeira pessoa a cinquenta metros era Samuel em pelo.

— Você está onde sempre quis estar e onde precisa ficar para ser alguém, para ser desejado, admirado e onde pode usar qualquer um para cair na sua armadilha. Você não passa disso. Diz que eu tirei sua paz, mas já estava sem ela quando me encontrou. Somos diferentes e é isso que você quer, sem querer, sem saber. Quer alguém que te veja sem seus bens, seu dinheiro, cargos, corpo e tudo o mais que ostenta. Você não suporta, eu sei, o oposto dessa sua vida de superfície, Samuel, você tem medo de morrer nessa miséria de realidade. Você é um covarde. Desce com meu carregador antes que eu quebre a portaria do seu palácio!

• • • • •

Menos de um minuto depois, Samuel novamente bloqueou Ariel. Já na porta do prédio, andando de um lado para o outro na chuva, Ariel esperou Samuel descer com o cabo, e não demorou para a porta abrir e ele estender a mão com o carregador. Ambos se olharam fixamente.

• • • • •

Ariel com o carregador em mãos atravessou a rua debaixo da chuva, que insistia em continuar.

POSSO OUVIR UM AMÉM?

"Vai ficar carregando isso até quando? Por que ele é o pastor? Por que mulher cristã não pode se separar? O que te mantém nessa relação falida? Do que você tem medo?"

A igreja estava lotada naquela noite. O pastor Samuel estava à frente, no centro, e era visto por todos. A esposa, Esther, sentada na primeira fila, podia acompanhar o marido mais de perto na pregação. Não levou a filha à igreja naquela noite, pois o culto era direcionado aos casais. A menina ficou na casa da avó e lá iria dormir. A igreja estava cheia de irmãos. No lado direito de Esther, sentava-se sua irmã mais nova, Débora, que tinha vinte e poucos anos.

• • • • •

O tema daquele dia seria sobre casamentos duradouros, e o pastor estava animado, andando de um lado ao outro, falando palavras de poder e graça. Esther olhava-o fixamente a cada palavra que ele proferia. Acompanhava o marido em todos os cultos e há tempos notava alguma mudança no seu comportamento, mas Jesus tem mais poder que qualquer ameaça, insegurança ou carência, pensava. O marido era bonito, alto e forte. Estavam juntos há dez anos, e Esther nunca notara qualquer tipo de falta em casa. Era um homem fiel à palavra de Deus e muito seguro dos mandamentos. No entanto, nos últimos quatro anos, ele deixou, aos poucos, de procurá-la para os carinhos do casal. Isso não fazia falta, ela pensava, mas era estranho. Seria possível que ele não mais se lembrasse de que o sexo, dentro do casamento, era abençoado e santificado por Deus? Perguntava-se mais por curiosidade do que por necessidade. Naquela noite, o culto era sobre casamentos fortes e felizes. O pastor iniciou assim:

• • • • •

— O que mantém um casal junto uma vida inteira? O que faz um casal viver um para o outro? O amor. O amor da esposa pelo marido e do marido para com a esposa. E o que é o amor? Não é gostar de alguém, isso é outra coisa. A Bíblia diz "ame o próximo como a ti mesmo". E o que isso significa, irmãos? Amor não é um sentimento, se acham que sim. Amor é um mandamento de Deus. E ele se revela na capacidade de sentir o que o outro sente, é compreender o que ele vive, seus conflitos, suas dificuldades. Quando você ama, você não julga, você se coloca no lugar do outro. O propósito mais importante da vida não é ser feliz, mas fazer Deus sorrir, e isso pede que o casal renuncie às suas necessidades mais humanas porque o casal tem que buscar o contentamento de Deus para que os cônjuges sejam felizes. O marido e a esposa precisam aprender a dizer não para as tentações que vão aparecer no caminho. Somos todos tentados o tempo todo. Nosso "não" é uma barreira para proteger nosso propósito, nossa essência diante de Deus. O marido tem que se perguntar se uma escolha fora do casamento vai atingir seus filhos. Cuidado com os conselhos de falsos amigos que não estão em Jesus. A serpente deu conselho a Eva quando ela se rebelou contra Deus, contra o amor. A serpente conseguiu acabar com a vida de Eva, porque ela não se submeteu à liderança de Adão. Se a mulher não é submissa ao marido, como exemplo da vontade de Deus, ela vai andar em perigo e colocar toda a vida do casal em perigo.

• • • • •

Samuel falava essas palavras, olhando para os presentes e mais para Esther. Seria possível, indagava-se, que ele soubesse o que se passava com ela? Suas dúvidas e suas carências? Se ele também tinha esses questionamentos, por que não falavam sobre isso em casa? Como no culto essas orientações não valiam para a vida de ambos? Parecia que as palavras eram soltas, para os outros, e não para a vida deles.

• • • • •

— Deus tem plano, uma estratégia para eliminar a dor que vive o casal e essa estratégia é o amor, irmãos. A esposa fiel precisa ser uma serva não do seu desejo, mas do amor pelo marido, por sua família, por seus filhos. O amor verdadeiro, aquele orientado por Deus, tudo suporta. A esposa fiel não arde em desconfiança do marido, ela não briga com ele por motivo algum. Porque é impossível, irmãos, amar o marido, amar a esposa sem ter Jesus no coração. Se o casal está desconfiando um do outro, o que acabou antes não foi o amor, mas foi a fé em Jesus! Se Deus pede, como sabemos na Bíblia, que você ame, é porque você, mulher, tem condições disso. O marido precisa tratar a esposa como um vaso delicado, sabendo protegê-la! O que pode acabar com o casamento, eu pergunto? Infidelidade, crise financeira, sexual ou o quê? O que acaba antes é não aceitar a palavra de Deus, o mandamento do amor! O casal sempre será a união de pecadores, sempre! Essa certeza deve estar na cabeça de vocês e, por isso, devem buscar amar um ao outro na fé, na palavra de Jesus. O verdadeiro cristão vive por propósito, por princípio, insisto, não por prazer, por desejo! O diabo que tentou Eva não estava na serpente, mas nela mesma e, por isso, foram expulsos do Paraíso. Eva tinha que ter dito "não" para ela mesma e ao que ela sentia. O casamento duradouro é aquele em que o casal, sozinho, sabe dizer não para seus instintos pecaminosos! Irmãos, vamos dar aqui a palavra da vitória! Deus quer libertar todos nós da maldição, da prisão do passarinheiro! Sangue de Jesus tem poder sobre qualquer maldição no casamento! Ô, aleluia! Posso ouvir um amém?

• • • • •

A fala do marido era encantadora e a todos convenciam. Esther ouviu com desconfiança. E não o encarou muito durante todo o culto. Passou parte da pregação olhando para o chão, distraída de qualquer sentimento de raiva ou desdém. Buscou disfarçar o que sentia.

• • • • •

Após a pregação, a igreja foi se esvaziando, enquanto passavam as últimas sacolas de dízimo e, aos poucos, sobraram apenas alguns obreiros no salão. A irmã de Esther tinha sido também criada na palavra, porém já há alguns meses estava se rebelando muito, e Samuel achou melhor acompanhá-la mais de perto. Mesmo a contragosto, Débora ia aos cultos de domingo; contudo, durante a semana, fazia toda sorte de questionamentos à irmã.

— Esther, estou cansada de não poder fazer nada que minhas amigas fazem! Por que eu sou pecadora, se não fiz nada para ninguém?

— Mas o que mais você quer fazer, Débora? Você tem tudo, Deus te provê em tudo o que precisa! Você deve viver em Cristo! Pecadora, porque é herdeira de Eva e de sua fraqueza. Jesus veio para nos salvar, Débora. Há um plano de Jesus para sua vida!

— Não. Não tem! Por que não posso ter amigas fora da igreja? Por que não posso usar a roupa de que gosto? Por que não posso postar as fotos que bem quero nas redes sociais? Por que não posso ficar fazendo planos para meu futuro? Até nisso o Samuel me questiona, Esther. Falo em estudar e ele desconfia...

— Você precisa glorificar a Cristo, Débora, e isso não ajuda em nada. Mulher crente tem que fazer isso. Como crente, você vai ter que explicar isso na eternidade e Cristo precisa de todo espaço para reinar sobre a sua vida ou seus espaços!

— Glorificar como você? Pensa que não sei...? Vive num casamento infeliz... Você não gosta do Samuel e fica insistindo. Você vive um casamento que é uma mentira, Esther! O que o Samuel falou hoje no culto é uma sentença para vocês dois. Não sei se ele acredita que vale para o próprio casamento. Aliás, ele culpa você e usou aquelas palavras todas era pra colocar em você toda a responsabilidade. Vai ficar carregando isso até quando? Por que ele é o pastor? Por que mulher cristã não pode se separar? O que te mantém nessa relação falida? Do que você tem medo?

· · · · ·

As falas de Débora eram verdadeiras, pensava ela. Apesar de Esther tentar mostrar à irmã o caminho para uma vida em Cristo, também não estava muito convencida. Repetia as falas do marido apenas. Sentia pena da irmã pelo fato de Débora estar sofrendo com a vida que levava e com o que se recusava a aceitar, mas também sentia inveja pela vida de solteira, e o que poderia ainda escolher de futuro e quem sabe se livrar.

• • • • •

Esther casara-se cedo. Conheceu Samuel na igreja, ainda moça, indo na companhia da mãe. Casou-se sem mesmo ter relação sexual, como era o indicado. Não sabia bem se o que queria e se o que sentia era verdadeiro, pois nunca o amou de fato. Desconhecia o amor, e tinha certeza disso. Na adolescência, envolveu-se com uma amiga da escola. Ficavam sempre juntas e se descobriram também assim. A amizade, ou fosse qual fosse o nome daquilo, foi vista com preocupação pela mãe de Esther. Deu um jeito de separar as duas, quando, uma tarde de sábado, flagrou Esther e a amiga se beijando no quarto.

— O que significa isso, Esther?—, perguntou a mãe em voz alta, quase gritando.

— Não é nada, estamos apenas conversando.

— E essa conversa tem que ser dentro da boca da sua amiga? Você está em pecado!

— Mãe, não tem nada demais nisso —, falou Esther, enquanto a amiga se arrumava para sair do quarto.

— Quero que você saia agora dessa casa e vá para a sua —, disse a mãe para a colega que saiu às pressas.

— Esther, pode me explicar esse pecado?

— Mãe, eu não sei o que acontece, eu gosto dela e tenho vontade de ficar o tempo todo assim...

— Mas isso não é coisa de Deus, isso é do demônio, do inimigo, você não vê? Nós vamos falar isso com o pastor amanhã!

● ● ● ● ● ●

No dia de seu casamento, anos depois, Esther era a pessoa mais calada de todas. Não ria, não demonstrava nada do otimismo que a noite pedia. Nem mesmo quando viu o noivo, qualquer coisa mudara. Tentou disfarçar o que sentia e chegou a dizer para os mais próximos que estava com medo da noite de núpcias. Isso também era verdade, mas não era o que mais a atormentava. Não sentia amor pelo futuro marido e achava que esse fardo pudesse mudar com o tempo. Enganou-se. Anos depois, caminhava para casa depois do culto ao lado de um estranho.

● ● ● ● ● ●

Ao entrarem em casa, cruzou o portão sem trancar, pois não levara a chave. Dentro de casa, foi para a cozinha, enquanto o marido, estranhamente, seguiu para o banheiro, pedindo que ela levasse a toalha. Estava trêmula sem saber o motivo e deixou o copo, que apertava entre os dedos, cair e se despedaçar no chão.

● ● ● ● ● ●

Samuel, durante todo o trajeto, que fizeram a pé da igreja até a casa, quis andar de mãos dadas. Apertou como nunca a frágil mão de Esther pelo caminho. Aquilo era estranho, novo. Ela sentia um leve temor. O que pode ter mudado? O que o marido estava sentindo e querendo depois de tanto tempo sem tocá-la? Será que desejava impressionar a todos com o que dissera no culto? Será que não passava de um gesto de carinho? Será que naquela noite seria diferente? Sentiu ele amor por ela, enquanto pregava? Amor é isso, esse sentimento movido pela circunstância? Questionava-se.

— Esther —, gritou ele, após sair do banho e ir para o quarto —, vem logo!

— Já vou, tô catando os cacos do copo pela cozinha —, disse ela, sentindo que ganhara tempo.

O que fazer depois de tanto tempo? Como agir? Sentia-se despreparada. As pernas tremiam. As palavras de Débora ainda ecoavam; e tanta coisa mais do passado ainda estava presente. Não sabia o que responder e quanto tempo demorar para ir até o quarto. Estavam sozinhos na casa. A filha dormia na casa da avó. Precisava resolver sua vida. Era uma mulher cristã. Caminhou até a porta da sala, abriu lentamente e fechou sem fazer qualquer barulho. Era uma mulher, apenas.

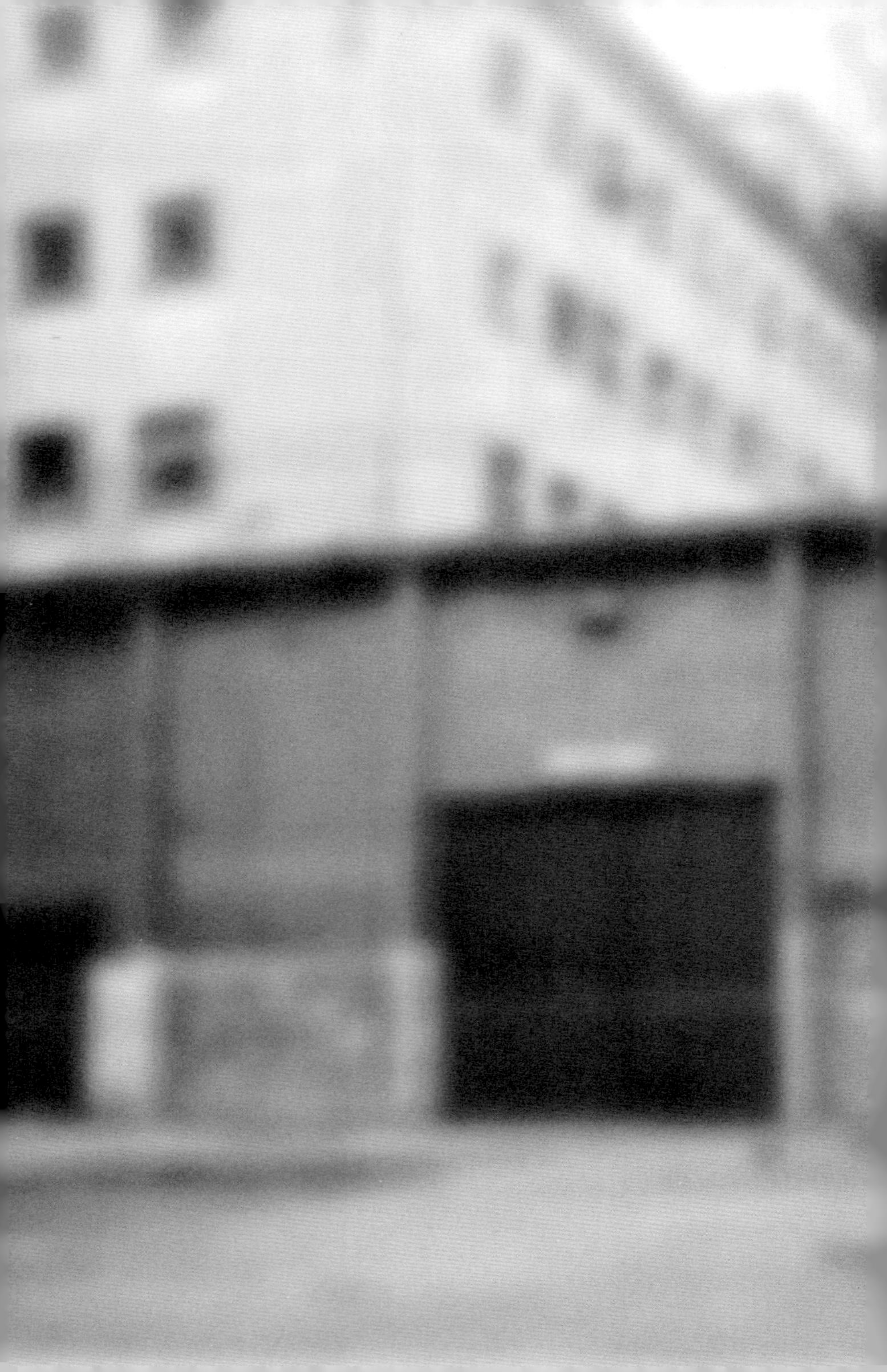

AMOR É TRAVESSIA

"Atravessar mais uma vez outras geografias, mas agora sem medo e sem desconfiança."

Às quatro da manhã, Hilda estava de pé, preparando a marmita do companheiro, Josué, e a dela, pois pegariam a condução às 5h com outros boias-frias. De segunda a sexta, a rotina se repetia. Josué não tinha carteira assinada. O pagamento era feito sempre na sexta e, na maioria das vezes, ele gastava com bebida a metade do que recebia, que não era muito, e o resto dava para Hilda comprar a mistura para fazer na semana. Há seis meses resolveram morar juntos. Conheceram-se em outra cidade, com outros problemas. Ela era cozinheira de um presídio e uma das poucas mulheres que frequentavam o lugar. Aos vinte e três anos, ficou grávida dele, que tinha quase quarenta. A decisão de morarem juntos também foi um jeito de seguir o que todos da idade dela faziam. Já estavam até velhos para esse início. A vida a dois acaba sendo um alívio para a miséria das ameaças das vontades, da insegurança do dia a dia de mulher pobre. Não chegavam a se amar, mas amor também não enche barriga, como falava a mãe de Hilda, quando era criança. Conheceram-se entre grades. Depois de poucas conversas, Josué fez a proposta de viverem juntos na cidade dele quando ele fosse solto, em breve. E quando Josué, o Galego, como era chamado no presídio, arrumou uma casinha para morarem, caindo aos pedaços, Hilda aceitou o convite dele de irem embora dali para a outra cidade, a mais de seis horas de distância. Eles iriam trabalhar na soja e ter uma vidinha boa, dizia ele para ela, que aceitou sem muita dúvida. Galego sairia em liberdade, no começo de junho, depois de quinze anos preso por tráfico de drogas e outras coisinhas. Hilda não queria pensar demais em tudo. Pensar demais atrasa a vida. No dia seguinte à liberdade do Galego, num sábado qualquer, pegaram o ônibus, e atravessaram as horas, as geografias... e ela, a desconfiança.

A lida no plantio de soja era pesada, mas Hilda estava acostumada ao peso da natureza. Acordava às 4h30 da manhã, preparava as marmitas e partiam para o ponto do ônibus na rodovia. O ônibus era velho, caindo aos pedaços, como a vida por ali. Chegavam pouco antes das sete na fazenda e se preparavam para cada um cuidar do que o Gato, nome do fiscal, mandava. Hilda escondia a gravidez, orientada por Josué, por temer ser proibida de trabalhar e, como precisavam da quantia, acharam melhor não dizer pra ninguém enquanto pudessem esconder. Ao descer na fazenda, cada um pegava o que tinha que levar para o trabalho a fazer e atravessavam a plantação para cumprir a obrigação. Hilda era uma mulher bonita, cabelos ondulados e sorriso triste. O gerente da fazenda, Samuel, nunca mandava Hilda para longe de seus olhos, mas sempre para muito distante do marido, que pegava as piores funções do dia. Samuel era casado com Sandra, a filha do dono da Santa Fé, a maior fazenda de soja do interior do Estado.

Naquela manhã, Samuel chamou Hilda para conversar na administração. Ele era um homem alto, forte, de pouca conversa.

— Passa na administração, daqui pouco, vou estar sozinho e quero te ver.

— Sim, posso ir, falou olhando para ele e vendo que uma colega observava de longe a conversa.

— Vê se não demora.

• • • • •

A vida de Hilda e Josué não era boa. Ele com frequência chegava em casa bêbado e costumava querer tudo à força. Isso estava acontecendo desde o começo quando foram morar juntos, há seis meses, ao chegaram na cidade dele. Josué costumava quebrar copos, jogar panelas para todo lado e mesmo bater em Hilda. Essa rotina não parecia diferente da vida das colegas. Era comum os maridos baterem e quererem sexo mesmo sem a vontade das mulheres, pelo menos era isso que ouvia de muitas companheiras de trabalho. Nunca havia entendido isso de amor. E sabia que esse tipo de comportamento dos homens era o mais comum, e ficar sem eles ainda era pior, diziam muitas colegas. Hilda tentou resistir e quem sabe fugir, mas com o passar dos meses, percebeu que todas viviam a mesma vida e aceitavam essa condição miserável, afinal, dizia, melhor um tapa com a barriga cheia que sem tapa e a barriga vazia. Com tempo, sem se acostumar, acabou aceitando e pensou que isso não seria um problema. Esse pensamento doía-lhe muito, não tanto quanto viver na rua ou da caridade de estranhos. Sabia que seria ameaçada de morte caso enfrentasse ou contrariasse Josué, e não tinha a quem pedir ajuda. Nem dinheiro. E voltar para onde? Pobre parece que anda em roda, nunca para fora dos problemas, refletia.

— O que você quer para me chamar aqui de novo? —, perguntou ela.

— Hilda, consegui um emprego em outra cidade numa fazenda maior que essa e quero que você vá comigo.

— Você sabe que não posso!

Samuel levantou-se da cadeira e foi para perto dela, olhando-a nervosamente.

— O que te prende a Josué? Todo mundo vê que ele não gosta de você, que bebe e quebra a casa toda além de te bater e fazer mais sabe Deus o quê. Eu te conheço há três meses e quero viver com você, estou certo disso. Até quando você vai aceitar essa vida fodida que vive, Hilda?

— Isso é um problema meu e sou fraca para algumas decisões.

— Ou você não gosta mais de mim como disse?

— Estou grávida e tenho que pensar na criança.

— Pensar na criança ao lado de um homem que te bate, te violenta e não te quer? Isso é pensar no futuro dessa criança?

— Samuel, a vida é mais que gostar ou querer ficar com alguém... amor é coisa pra quem tem o que perder.

— A vida, Hilda, é a gente que faz. Gostar é querer estar ao lado, é dizer isso e dar provas. É isso que estou fazendo aqui. E você tem a vida a perder ao lado desse homem. Guarda esse pacote. Aqui tem dinheiro, se você precisar, para se sentir segura por mais de um mês.

Hilda pegou o pacote com desconfiança. Colocou na bolsa sem dizer uma palavra e a seguir perguntou:

— O que você vai dizer para sua esposa? De que mentira vive esse tal amor que sente por ela?

— A gente vive junto apenas para transar, aparecer na sociedade, satisfazer o pai dela, Hilda. Casamento nem sempre tem amor. Pode ter interesse, amor nem sempre. Vai ser um alívio para ela e para mim. Você não precisa ter medo do Josué vir atrás de você e te matar. Vamos para longe, já acertei tudo.

— E você tem certeza de que vai sair dessa sua vida e viver comigo como se nada tivesse acontecido até aqui? Seu casamento, seu trabalho, seu filho... vai largar isso tudo? Acha que em três meses já dá pra viver comigo? Ela também pode vir atrás de você, é rica. Gente rica é cheia de vontades.

— Hilda, quero viver com você e o que sinto é maior que isso. Meu filho vai entender. Ele vai ficar bem, já falei com meu compadre. Não adianta crescer com um pai infeliz, com uma vida sem alegria em casa. Você tá com medo, Hilda. Com medo de me amar e, claro, que pobre também ama. Você não sabe, mas ama.

Hilda olhou para o relógio no meio da sala e disse que tinha que voltar para o serviço. Já, já sentiriam sua falta.

— Eu quero viver com você, Hilda! No fim de semana, temos que ir. Você tem quatro dias para preparar tudo. Te pego em frente ao ponto de ônibus da rodovia da sua casa no sábado às 6h da manhã e vamos embora dessa vida e dessa cidade. Josué vai dormir, bêbado, porque sei. Você arruma sua mala e te pego lá. Se não quiser, não leve nada. Compramos no caminho.

— Tá bem, te aviso quando estiver saindo de casa e atravessando a rua, mando mensagem.

— Quero você na minha vida pra sempre —, disse Samuel.

• • • • •

Hilda ouviu sem responder. Saiu da sala, atravessou o enorme pátio e ali perto pegou as ferramentas. Saiu pela extensão do sol no meio da soja, juntando-se às outras mulheres. O dia foi comprido, mas ela permaneceu trabalhando sem dizer uma palavra a ninguém naquele deserto de esperança. Não quis comer nada no almoço. Às cinco da tarde, estavam todos dentro do ônibus para mais de uma hora de viagem de retorno às suas casas. Hilda e Josué moravam na periferia da cidade. Era uma região violenta, porém menos que o marido. O ônibus parou no ponto da estrada onde sempre desciam. Caminharam por mais vinte minutos e chegaram à casa ainda com um resto de luz. Hilda foi preparar a janta.

— Onde você se enfiou hoje antes do almoço, Hilda? — resmungou Josué assim que cruzaram o portão da casa.

— Lugar nenhum. Passei mal e fiquei um tempo parada no banheiro, só isso.

— As mulheres disseram que você estava na sala do Samuel, isso é verdade?

— Não. O banheiro que fui é o de dentro da administração e fica lá no fundo da sede. Tive que atravessar tudo. E fui porque aquele chiqueiro que dão para gente usar, não tem condições nem de um porco ficar.

— Se eu souber que você anda fazendo alguma coisa de mulher vagabunda, acabo com sua raça, Hilda. Eu te mato e não tem isso de barriga comigo, não. Deita lá na cama que quero te pegar hoje.

• • • • •

Tinha medo do marido. Sua fama era conhecida de longe. Já tinha estado preso antes e falava muito com a polícia.

Não sabia sobre o quê, mas falava. Neste momento, pensou na proposta de Samuel. Tinha que sair dessa vida e ficar longe de Josué. Mas havia dúvidas para todo lado. Desde cedo, ouvia que essa história de amor era para gente rica que tem tempo para perder com bobagem. A mãe, morta pelo pai, quando ela era criança, cansava de repetir isso. Pobre não ama, pobre só vive e tá ótimo. A vida do pobre era diferente no coração. Hilda não queria se iludir com as propostas de Samuel, e, ao mesmo tempo também não podia ficar apanhando da vida, e de Josué. Não podia mais aceitar tanta violência como as outras mulheres aceitavam. Continuou preparando a comida que era pouca... não quis também falar com ele sobre isso para não ter mais problemas. Pensava na vida toda, no dia a dia miserável de antes, na vida também miserável do agora e do futuro pior ainda, além de miserável. Não tinha parentes naquela cidade. Nem na outra de onde saiu. Eram pensamentos que invadiam tudo. Ouviu o marido a gritar por ela e foi para o quarto, já tirando a roupa.

• • • • •

Samuel chegou em casa à noitinha. A esposa preparava a janta e o filho de três anos brincava na frente da televisão. A casa era grande, e tinham conforto, empregada e muitos aparelhos domésticos. O bairro era de gente rica, ajeitada, gente com boleto pago, e nada faltava. Foi para o banho e disse que estava cansado, que o dia foi puxado. Sandra permaneceu na cozinha sem dizer uma palavra enquanto mexia a panela. A casa era puro silêncio. Samuel saiu do banheiro e sentou-se ao lado do filho. A esposa sentou-se também e perguntou que horas eram. Perguntou sobre o trabalho. Perguntou sobre a saúde da mãe dele. Perguntou sobre o compadre. Perguntou sobre o boleto da escola do filho. Perguntou sobre muitas coisas e ele respondia vagamente. Eram muitas perguntas. Samuel era um homem. Um pai. Um marido. Cumpria apenas o destino de todo homem. Ele olhava para Sandra e pensava que um dia a amou e em algum momento aquilo tinha acabado, não sabia por que nem quando. Talvez nunca tivesse existido amor, mas dependência só, inclusive financeira da parte dele. Sentia de novo um querer forte por outra mulher. Era um sentimento clandestino. Será que a intensidade disso é medida quando escondida? Não entendi muito, homem não entende nada de sentimento, refletia. Quis sair correndo, mas era um homem e isso homens não fazem. Levantou-se, beijou o filho e foi para cama sem dizer palavra. Sandra avisou que sábado iam passar o dia na casa da mãe dela, que faria um churrasco para o aniversário do filho, mas combinou com a mãe de chegar até às sete, para ajudar em tudo. E como era em outra cidade, a quase cem quilômetros, teriam que sair nas primeiras horas do dia. Samuel tinha se esquecido disso. Sábado era aniversário do filho. Aniversário do filho. Do filho. Passou a noite acordado. Levantou-se sem fazer barulho e foi para o trabalho.

· · · · ·

O resto da semana passou com a mesma intensidade de sempre. Madrugada, marmita, ônibus, soja, veneno, enxada, almoço, sol, ônibus, caminhada, casa, janta, cama. Hilda e Josué não conversavam. Nunca. Juntaram os trapos meio às pressas. Ela atravessando os perrengues. Ele precisando de uma mulher para fazer a comida dele e para o sexo. Conheceram no presídio estadual, bem longe dali. Ela vivia num quartinho no fundo da casa de uma desconhecida que cobrava pouco pela espelunca, mas também não oferecia nada. E sábado chegou sem muita novidade e com muita ansiedade. Levantou-se como sempre na obrigação das horas. Olhou para o marido que dormia bêbado virado para o lado. Foi para a cozinha, fez café. Em silêncio saiu, sem mala sem nada.

· · · · ·

Samuel acordou às cinco da manhã e a esposa já estava de pé. Pulou da cama assustado. O filho já estava acordado e Sandra já tinha deixado tudo arrumado.

— Por que não me chamou?

— Para quê? Já arrumei tudo. Só troca de roupa e saímos.

— Você tá esquisito, tá passando mal? Tem alguma coisa te incomodando, Samuel? Disse ela indo para o quarto do filho.

• • • • •

Samuel olhava para o relógio a cada minuto. Pegou o celular e não viu mensagem de Hilda. Mas também eram cinco e pouco da manhã. Foi para o banheiro, lavou o rosto. Fixou-se no espelho por uma eternidade. Era um covarde. Nunca passou disso. No fundo, pensava que todo homem era. Tinha casa, dinheiro, comida, família. Não precisava lutar muito por nada. Homem já tem tudo, e sentia um ódio profundo. Saiu do banheiro e atravessou correndo pela sala, trocou de roupa. Novamente, nem uma mensagem no celular. Vivia o medo que só os invejosos sentem. Sandra colocou tudo no carro e, junto com o filho, ficou lá esperando o marido. Samuel, foi para garagem da casa. Fechou a porta, entrou no carro, abriu o portão e, distraidamente, saiu em direção oposta à casa da sogra. Queria ainda saber se Hilda estava no ponto de ônibus.

• • • • •

Hilda foi até a rodoviária um pouco antes das seis. Seu ônibus sairia em quinze minutos. Não levava mala, nem qualquer objeto que indicasse uma viagem. Mas o ônibus para a capital logo chegaria e ela estaria livre de tudo o que a aprisionava. Livre da violência do marido. Da perversidade da soja. Da vida mesquinha das colegas. Principalmente estaria livre desse tal amor do qual falava Samuel que ela nunca sentira pelo companheiro e que estava começando a sentir por Samuel. Queria era ficar longe dessas ameaças. Amor não enche barriga. Amor é para quem tem o que perder. Ela não. Avistou o ônibus entrando na plataforma. Levantou-se, atravessou a rodoviária e embarcou para algum lugar mais longe do que qualquer plano que pudesse fazer. Não teria onde ficar na cidade grande. Mas ter onde morar agora era o menor de seus problemas. Sair dali era sua maior urgência. Atravessar mais uma vez outras geografias, mas agora, sem medo e sem desconfiança.

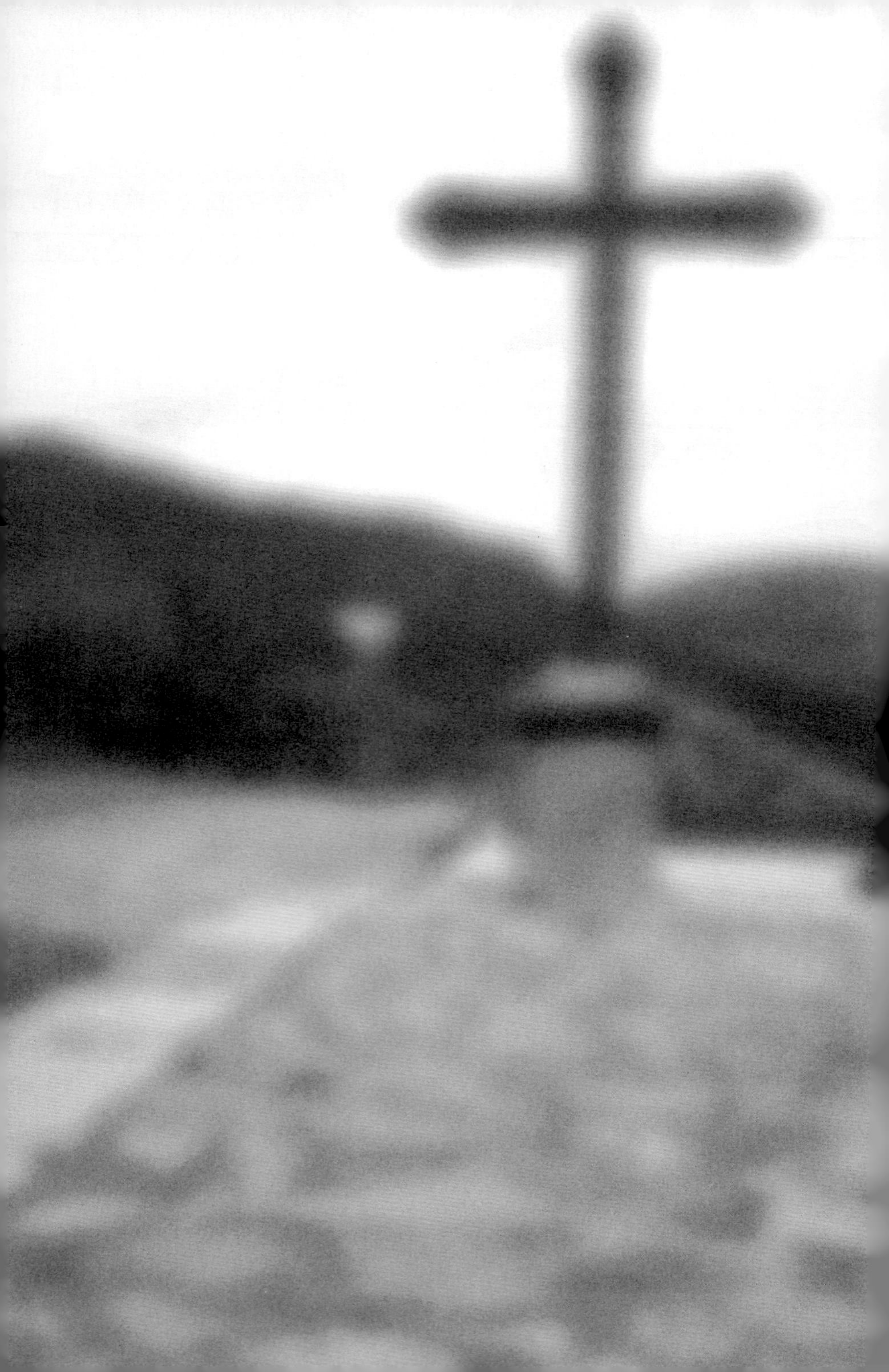

SE DEUS QUISER, VAI PASSAR

"Era tudo estranho e não sabia bem se a dor aumentava ou diminuía, mas desconfiava do amor que sentia se há tempos não era mais costume e isso a atormentava pois precisava antes cuidar de si mesma que continuar achando que ela própria estava errada."

Jhoyce e Samanta estavam juntas há mais de vinte anos. Conheceram-se ainda na sala da faculdade e não se soltaram mais. Tinham pouco mais de quarenta anos, quando foram pegas de surpresa pelas transformações inesperadas que a vida impõe. Quem está preparado para a solidão, quando é deixado? Era essa a jornada que enfrentaria, pelo menos para Jhoyce. Eram casadas com união estável e moravam num imóvel que tinham comprado, há cinco anos, no centro da cidade com algumas reservas que guardaram. De repente, Samanta, numa tarde como outra qualquer, assume para Jhoyce a decisão de se separar da esposa e mais, já estava com outros flertes. Negou no início, mas Jhoyce soube por amigos próximos o que já era um fato. E, algumas semanas depois dessa revelação, Jhoyce ainda devastada pelo sentimento de luto, despreparada para continuar sozinha, recebe uma orientação de uma amiga próxima que insiste para ela procurar uma cigana benzedeira para uma ajuda espiritual. Era apenas o início de uma saga que não faria sozinha, mas com ajuda de Samuel seu amigo de longa data, que passara a acompanhar numa busca por explicações que Jhoyce tanto precisava vivenciar, entender e sentir.

VISITA À CIGANA BENZEDEIRA
Quarta-feira
5 de março, 15h

Jhoyce e Samuel pegaram um táxi e foram ao encontro da Cigana Tereza em busca de qualquer resposta que não somente aplacasse o sofrimento dela, mas, no fundo, que alimentasse um possível retorno de Samanta. Apesar de nunca terem contato com o mundo da benzedura ou similares, era a necessidade que comandava as decisões. E Jhoyce, como havia recebido de uma amiga a indicação, aceitou prontamente e logo agendou a vista.

A casa era longe, num bairro distante do centro. A cidade, grande demais; as distâncias, ainda maiores, para os aflitos. Mas, como a indicação era boa e o suplício maior, aventuraram-se. Quase duas horas depois de saírem, chegaram ao local. Era um sobrado desses já batidos da cidade. Tocaram a campainha e olharam cuidadosamente para o lugar em busca de pistas da tal cigana. O portão se abriu e alguém gritou: "É aqui atrás, podem subir a escada dos fundos". Jhoyce e Samuel foram às cegas. O cômodo dos fundos era apertado, e de um tudo ali se misturava. Imagens de santos, preto-velho, Iemanjá, velas, roupas pelo chão, bolsas largadas, TV, comida e qualquer coisa mais. Eis que avistaram a Cigana Tereza, uma mulher de uns setenta anos, vestida com uma longa saia rendada, com penduricalhos barulhentos em cada ponta, um lenço na cabeça e uma camisa de seda verde, manga comprida.

— Olá, filhos, tudo bem? —, cumprimentou Tereza, amavelmente.

— Tudo bem!

— Tereza —, perguntou Samuel — onde tem banheiro? Ela deseja usar.

— Primeira porta à esquerda, saindo daquela porta de onde vieram.

Jhoyce saiu e Tereza quis saber mais do caso. Samuel informou que estavam ali, pois o casamento da amiga estava por um fio e a esposa pedira separação de surpresa. Era um caso difícil, disse ele. A amiga não queria a separação, mas não havia solução aparente para o problema. Tereza olhou curiosa para Samuel e perguntou por que viera junto com ela.

— Somos amigos —, disse ele — e alguma coisa mais que nem eu sei o quê.

Logo, Samuel, avistou a chegada da amiga. Tereza pediu que subissem mais um lance de escada para a sala onde fariam a leitura.

— Sente-se aqui, filha, e me conte por que veio me procurar.

— Bem, estou casada há algum tempo e minha esposa decidiu sem motivo se separar, assim de repente — disse, já chorando. Ela tem tido um comportamento estranho já há algum tempo e sempre me culpa por tudo. Claro, que notei e falava pra gente conversar, mas ela nunca quis. Contou isso com dificuldade, e continuou depois, de um longo silêncio:

— Nós passamos por muitos problemas por sermos mulheres e lésbicas e não foram poucas as vezes em que sofremos preconceitos e humilhações. Chegamos até aqui e agora, que até apartamento compramos, ela quer se separar. Não entendo.

— Você não entende ou não aceita? Você sabe que ela não te ama assim como você, né? Ou ainda tem dúvida?

— Às vezes, acho que não ama, mas depois penso em tudo o que já vivemos e fico imaginando como ela vai continuar sem mim, como vai fazer o básico na vida se sou eu quem faço tudo, e isso me preocupa também. Ela não sabe fazer nada em casa, não vai ao médico, não cuida dela. Como vai ficar sem mim?

— Bom, vamos ver aqui o que temos —, disse Tereza. E jogou as conchas de búzios. Após uma breve pausa, falou:

— Você sabe que ela tem outra pessoa já?

— Desconfio, mas não me disse.

— Pois tem. Mas você vai ficar bem, filha, só tem que querer e não se preocupar mais com ela. Pense em você primeiro. Vai aparecer no fim do ano alguém especial, de longe, para sua vida. Um amor de verdade, não uma conveniência. Também tô vendo que você tem algumas companhias não muito boas com você aqui agora. Vou tirar isso — e começou a recitar uma prece, pedindo ajuda aos espíritos do bem.

Jhoyce permaneceu olhando fixamente para a cigana.

Depois de um tempo mais, conversando, encerrou a consulta e pediu a ela que tomasse uns banhos de boldo antes de dormir.

Ao saírem da sala, a cigana Tereza disse que depois passaria o valor do Pix.

VISITA AO TERREIRO DE CANDOMBLÉ
Quarta-feira
12 de março, 23h

A noite estava fria e ventava muito quando Jhoyce entrou no táxi para ir fazer um ebó para se desprender da angústia e do abandono que se apossara dela há meses com a separação. Tinha conseguido o telefone da yalorixá com uma amiga e marcou de ir naquela quarta às 23h para os banhos e o descarrego no espaço espiritual, e assim lá entrou. Não era bem no terreiro que a visita ocorreria, mas isso já havia sido explicado. Ao entrar na casa, Jhoyce foi recebida pela mãe Edileuza e mais dois acompanhantes, que lhe pediram para retirar os sapatos e se sentar até o momento dos banhos.

— Obrigada por me aceitar aqui.

— Nós estamos aqui para te ajudar nesse processo difícil. Estamos já desde o momento em que você aceitou, trabalhando para retirar o que de ruim acompanha você e ela —, disse a mãe Edileuza.

— Pra mim é uma experiência muito difícil estar aqui. Eu nunca vim ao candomblé e estou muito agradecida por me receberem e ajudarem. Minha companheira não gosta disso e fala que aqui é só macumba e coisa do demônio.

— Saiba que vamos trabalhar aqui para trazer a paz para você nessa fase de turbulência. Nossa ação é para desamarrar tudo de ruim que possa te perturbar. Para isso, você vai começar a tomar três banhos no banheiro aqui ao lado, jogando a água sobre sua cabeça.

— Sabe, eu tenho tentado de tudo ao longo de nosso tempo juntas. Busquei compreender tudo o que ela me fez sem jamais reclamar. Não tem sido fácil, e ela me culpa por tudo. Eu sei também que ela teve uma infância difícil e já foi muito humilhada. Eu tenho muitos problemas e sou uma pessoa difícil mesmo e faço coisas erradas e ela tem razão quando me diz isso.

— Você deve ser preocupar agora com você, pense nisso. Não aceite desculpas para que ela volte. Isso pode atrasar tudo o que estamos fazendo aqui. Não me parece que ela te ama. Você precisa parar de se culpar. Agora se levante e vá ao banheiro tomar os banhos de quiabo, boldo e mil folhas. Nessa ordem. Após isso, me encontre no quarto dos fundos.

Após o ritual, saíram do quarto e foram para a primeira sala, onde conversaram mais um pouco junto com dois ajudantes do local. Mãe Edileuza lembrou a Jhoyce que ela não deveria dar chance à ex, sob pena de trazer tudo de ruim e atraso para sua vida, novamente. Devia se amar primeiro. Que ela sairia dali limpa. Que amor, o que sentia, não podia fazer tanto mal e talvez nem fosse amor, mas outra coisa.

A vida não era mesmo para amadores e Jhoyce estava melhor, mais calma. O táxi a aguardava na porta. Despediu-se de todos e agradeceu. Já havia dado a contribuição. Entrou no carro e foi pensando no que faria ao chegar em casa sem a esposa a esperar. Era uma dor ainda grande e já reverberava por todo seu corpo.

— Quer que troque a música? —, perguntou o taxista, que ouvia um ritmo sertanejo do momento.

— Pode deixar, só tem verdades aí.

Como seria se amar? Isso era uma questão difícil para Jhoyce. Esse autoamor não era para ela e não garantia felicidade imediata. Isso a atormentava. Sentia o corpo tremer e a pele queimar. Olhava para fora e a cidade permanecia surda às suas dores.

UM DIA DE CONFISSÃO

A igreja estava vazia àquela hora, quando entrou aflita. Sentou-se no banco do fundo e ali permaneceu, olhando para o altar, com o olhar que transitava pelas imagens de tantos santos desconhecidos. Não era católica, ainda que criada numa família temente a Deus, como dizia sua mãe. E ali estava em mais uma desesperada busca de alívio que a retirasse do pânico que se instalara com a separação. Sentia o corpo morto, dormia menos de três horas por noite, já há semanas, e mal comia. O sentimento de abandono, aliado ao de angústia, eram predominantes e estava tudo estampado em seu rosto. Ouviu um raspar de garganta ao longe. Olhou e viu a figura de um padre se aproximando. Permaneceu imóvel.

— Boa tarde, tudo bem, filha? Sou padre Evaldo. Você precisa de alguma coisa?

— Olá, Padre Evaldo, sou Jhoyce, e entrei para rezar mesmo.

— Podemos ir ao confessionário, se preferir. Você me parece aflita —, disse ele.

— Sim, podemos.

— O que te traz aqui?

— Fui abandonada por minha companheira —, disse ajoelhada no confessionário.

— Você é casada com uma mulher e ela te abandonou, é isso?

— Sim, isso mesmo.

— Você sabe que está em pecado?

— Estou me sentindo perdida, padre, por isso estou aqui.

— Quanto tempo ficaram juntas?

— Vinte e poucos anos. Mas ela se apaixonou por outra. Eu não sei se a saudade que sinto é um hábito ou se não consigo continuar mais sem ela. A dor nem aumenta tanto quando lembro que ela não está, mas quando acontece algo no dia e me dá vontade de falar com ela.

— Às vezes, as provações nos ajudam a nos livrar daquilo que não queremos, mas que precisamos. Coloque diante de Deus seus problemas e suas dificuldades. Peça à Mãe Maria para interceder junto ao Pai, suplicando alívio. Vamos rezar um Pai Nosso comigo?

— Vamos sim!

O Padre começou a rezar e ela o acompanhou entre um soluço e outro. Era tudo estranho e não sabia bem se a dor aumentava ou diminuía, mas desconfiava do amor que sentia se há tempos não passava de costume e isso a atormentava, pois precisava antes cuidar de si mesma que continuar achando que ela própria estava errada. Enquanto rezava, imaginava onde estaria àquela hora Samanta e o que poderia estar fazendo. Pensava nisso tudo, enquanto o padre terminava a reza.

— Como está se sentindo?

— Melhor, mas ainda angustiada.

— Volte sempre que precisar. A igreja pode acolher sua dor e nesta casa todo mal diminui e desaparece. Vá com Deus, filha. Vou te passar um ato de contrição. Não sei se sabe o que é isso, mas te explico.

Ao sair da igreja olhou ainda mais uma vez ao redor, observando as imagens, os bancos vazios, o altar. A imagem de Santa Terezinha estava bem à sua frente, como leu ao lado numa etiqueta. Olhou-a atentamente mais uma vez e saiu apressadamente inquieta com a falta de solução para seu mal-estar. Não tinha clareza do porquê de estar ali, mas, no desespero da vida, do abandono, da solidão buscou socorro nos santos. Era tudo que tinha.

UM PASSE DE LUZ

Ao entrar no Centro Espírita, lembrou-se de que já havia frequentado o lugar, mas parou por algum motivo.

— É sua primeira vez? —, perguntou a atendente.

— Sim.

— Você quer passar por um atendimento antes de ir para a palestra?

— Gostaria —, respondeu Jhoyce.

— Então, pegue esta ficha para você voltar aqui depois da conversa.

Jhoyce encaminhou-se seguindo uma outra mulher, que a levou para o atendimento numa sala próxima. Ao entrar, observou que no espaço ocorriam várias conversas e algumas pessoas choravam. Sentou-se na cadeira que lhe foi indicada.

— Boa noite, sou Márcia, e gostaria de saber o que lhe traz aqui. Está enfrentando alguma dificuldade?

Mais uma vez, Jhoyce repetiu o que, já há algum tempo, vinha fazendo aonde ia. Contou a história do abandono, da traição, da aspereza com que a esposa vinha conduzindo o momento. Contou também que recorrera a outras religiões, pois precisava desesperadamente de consolo. Chorou bastante durante algum tempo ao falar de como tudo acontecera.

— Você sabe —, começou Márcia — que ela pode estar afastada da espiritualidade, o que vai ser mais difícil tudo isso. Passe o nome e endereço que vou pedir orações para ela.

— Ela me disse que busca por mais liberdade e que eu a impeço disso. Só que a liberdade que ela busca é estar com outras pessoas, vivendo outra vida, longe de mim.

— Ela na verdade quer mais liberdade, pelo que vejo, mas não quer mais responsabilidade —, ponderou Márcia.

— Sinto vontade, em muitos momentos, de fazer uma besteira... só me falta coragem. Meu corpo inteiro dói, durmo pouco e parece que estou sempre caindo, sinto calafrios o dia todo e não me concentro em nada.

— Talvez você deva procurar um apoio também com algum médico. Já pensou nisso?

— Já —, respondeu sem convicção.

— Você acha que a ama, ou tem outra coisa?

— Amar, se for depender, eu amo. Sinto falta de tudo e de mais ainda da convivência e de nossos projetos para o futuro. Isso ela não entendeu, e mais, disse que, mesmo a paixão passando, vale a pena manter nossa convivência, afinal, não é outra coisa amar que ter planos juntas, como sócias, continuar a vida.

— Vou te encaminhar para um tratamento espiritual aqui nesta casa por algumas semanas. Você agora pode ir para o salão maior para ouvir a palestra e depois aguarde que vai ser chamada para o passe com os médiuns.

Jhoyce agradeceu, levantou-se e saiu para onde lhe indicaram.

• • • • •

Eram meses de sofrimento. Jhoyce havia procurado toda ajuda espiritual possível. Continuava com os mesmos pensamentos, as mesmas dores. Amar doía muito. Foi aconselhada por uma amiga a não mais amar, para não se expor, não sofrer. Mas como viver sem amar? Sem se entregar? Se é para evitar sofrimento, ficar sem amar já é a própria dor. Pensou que pudesse amar homens, que talvez fosse mais fácil. Esse pensamento tomou conta dela por dias inteiros. Foi para casa. Pegou os tranquilizantes e tomou. Queria paz.

A CONVERSA ACABA ANTES DO AMOR

"Era cortante ouvir da pessoa que você mais ama pronunciar seu nome inteiro, formal como se fosse uma lista de chamada."

Devemos perdoar as pessoas sem deixá-las voltar para a nossa vida. Essa máxima era no que mais pensava. Desculpar sim, dizia para si, mas sem retorno. Verdade maior não há, e lutava para sentir essa verdade. Porém, como estar preparado para dissipar a saudade? Samuel queria estar preparado. O processo de divórcio foi doloroso para ele. Apenas para ele. Trabalhavam muito, saíam pouco. Viviam espremidos pela rotina. Com o acontecimento, veio a ansiedade e acostumou-se à bebida desde o início. Percebeu que o diálogo com a esposa tinha acabado antes do amor, mas isso só notou mais tarde. Após algum tempo, começou a não se lembrar mais de semanas e meses em esquecimento no atarefado cotidiano. Há cinco anos, estava separado de Thalita, e ainda pensava nela nos dias mais frios, nas festas com amigos...

Os anos se passaram com lentidão. Outras mulheres chegaram, partiram, e poucas ficaram na vida dele. Samuel permanecia ali, no mesmo lugar. Não se casou. Sem expectativas, viveu os primeiros dias da separação e, sem desespero, nos meses seguintes, chegou ao segundo ano de distanciamento. Era um homem de cinquenta anos e estava num ótimo momento da vida. A carreira decolara depois de alguns anos de persistência como administrador, e colhia os frutos. Era respeitado e mantinha-se fiel aos compromissos, sendo exageradamente regido por uma pontualidade perturbadora o que, não raro, causava-lhe transtornos. Era alto, corpo malhado, negro. Do casamento, restaram-lhe três filhos adultos e casados. As crianças, como chamava, moravam na mesma cidade e conversavam com ele todos os dias por mensagens. Esse convívio fora um bálsamo na recuperação do abandono em que ficou, pois Thalita foi quem pedira o divórcio, muito a contragosto de Samuel, e sem explicação aparente. Naquela tarde de novembro, uma mensagem rara de Mariana veio a inquietar-lhe e a atrasar seus compromissos, uma vez que ficou por longo tempo parado, imaginando o que responder.

— Samuel, como vai?

Uma pergunta inesperada para uma tarde de quinta-feira. Estranhou, pois Thalita chamava-o de Samuca e ouvi-la não o chamar pelo apelido, era inesperado e desconfortável, mesmo anos depois. Nos dias que se seguiram depois da separação, ela também assim o fizera, com a mesma frieza e naturalidade.

Era cortante ouvir da pessoa que você mais ama pronunciar seu nome inteiro, formal como se fosse uma lista de chamada. O apelido carinhoso é um primeiro sinal de intimidade duradoura. Nos primeiros anos, doía-lhe muito SAMUEL. E mesmo desejando perder o interesse na ex-esposa, por completo, isso não aconteceu, mas ele superou provisoriamente a rejeição a cada manhã. A mensagem continuou ali sem resposta por longos minutos. Tentou não responder. Deixou o celular no canto da mesa. Pegou-o rapidamente. Ameaçou apagar a mensagem como sempre fazia para não ver ali na parte superior. Thalita havia se envolvido com outro, antes mesmo de o casamento acabar, porém, sempre negou isso. Um homem branco, mais novo, mais sexy, talvez. Isso o martirizava. Teria sido sua cor um problema? O casamento com uma mulher branca nunca fora fácil. Sabia disso e, desde o início, viveu momentos de racismo e constrangimento com a esposa em diversos lugares. Também se sentia atormentado quando um homem branco bonito se aproximava dela em situações banais. Contudo, não havia pistas concretas de traição, mas o contrário não era certo. Ela sempre teve uma quedinha por homens brancos e não escondia isso dele quando transavam ou assistiam a um programa na TV. Com o pedido de separação, Samuel fez de tudo para demover a esposa da ideia; ela não o quis, em definitivo. "NÃO TE AMO MAIS. ALGO QUEBROU PRA SEMPRE AQUI DENTRO", ouviu da mesma boca que o chamava de Samuca.

— Oi. —, disse Samuel, laconicamente.

Olhou fixo para a mensagem e nada de resposta. Já havia passado mais de cinco minutos. Andou pela sala. Olhou-se no espelho. Quis abrir a janela, desistiu. Ameaçou sair da sala, mas os colegas viriam cheios de perguntas tão urgentes quanto desnecessárias. Trancou-se na sala do primeiro andar da empresa. Às 15h, as pessoas buscam ser mais úteis... e chatas, sempre à espreita para demonstrar simpatia e tentar roubar o sossego. O que Thalita, após esse distante tempo, poderia querer? Indagou-se. Os filhos estavam bem. Para ela, dinheiro não faltava, pois era uma advogada reconhecida. Estaria ainda vivendo no mesmo lugar? Terminara seu relacionamento? Problemas de saúde? Nenhuma resposta nos dez minutos seguintes. Ela sabia que esse silêncio o irritava, dizia em voz alta. Ela era a mesma de sempre, e tal constatação o encheu de alegria, temor e raiva.

— Samuel, quero te fazer um pedido. —, respondeu de volta, finalmente.

Para não parecer ansioso, Samuel não respondeu de imediato. Se clicasse, confirmaria a leitura. Preferiu ler sem tocar no celular que estava sobre a mesa. Minutos depois, escreveu:

— Sim, Thalita, pode falar.

— Estou vindo de viagem, chego aí por volta das 21h e gostaria de saber se posso me hospedar no seu apartamento. Como sabe, as crianças viajaram e como não gosto de ficar em hotel, seria muito bom poder me hospedar em sua casa, além de te ver. Fico até o dia seguinte. Prometo não te dar trabalho, claro, se isso não for atrapalhar algum programa seu.

Samuel não sabia o que dizer. Estava largado na cadeira. Pensava em tudo, mais ainda no encontro que teria mais à noite com a namorada e já imaginava como cancelar. O sentimento por Thalita havia mudado. Sua ausência por tantos anos secara o amor, e os filhos não tocavam no nome da mãe, decerto por piedade de Samuel. O fato é que soube por um casal de amigos que Thalita estava namorando. Tinham visto nas redes sociais. Samuel, desde o rompimento do casamento, havia bloqueado a ex-esposa de todas as suas redes. Saúde mental não se negocia, ouviu de um amigo. Acompanhar a felicidade ostensiva de Thalita era uma tortura. Mas o tempo é o maior aliado, além de cúmplice e feiticeiro. Tudo tinha se esfriado dentro dele.

— Acho que não tem problema, já estarei em casa, e o quarto de hóspede está vazio.

— Ótimo! Nos vemos mais tarde e não se preocupe comigo.

• • • • •

Das três da tarde às 22h seriam longos meses. Inventou uma mentira e disse à secretária que sairia mais cedo, devido a fortes dores de cabeça. Às cinco da tarde, trancou-se na sala, esquivou-se de alguns colegas com perguntas burocráticas e dirigiu-se, tranquilamente, à garagem. A noite estava quente e Samuel, relativamente ansioso. Não sabia ao certo se sentia medo do encontro ou insegurança. Sabia bem que, depois de todos esses anos de ausência, o amor tinha sumido com a saudade e raramente pensava na ex. Contudo o pedido de hospedagem calou nas profundezas.

Chegou em casa por volta das 18h30 e dirigiu-se ao quarto de hóspedes. O apartamento era grande, e Samuel vivia sozinho. De vez em quando, aparecia alguém para dormir. Achou melhor trocar os lençóis e deixar tudo pronto para que ela dormisse bem. Arrumado o quarto, dirigiu-se à cozinha para ver o que tinha na geladeira. Pensou em pedir alguma comida, mas logo renunciou à ideia, pois ela não merecia, e devia vir jantada, pensou. Mas, para não ser mal-educado, tirou uma pizza do congelador para servir a ex-esposa.

Pouco antes das 21h, tomou um longo banho, resolveu fazer a barba e colocar uma roupa mais confortável sem ser um pijama. Não queria passar a ideia de intimidade. Olhou-se no espelho e sentiu-se velho. Era o que tinha sobrado após o trauma da separação. Deitou-se na cama. Voltou ao banheiro e aparou mais uma vez a barba. Colocou música clássica para tocar, bem baixo. Esperou sentado no sofá da sala pela mensagem de Thalita. Eram 21h30 e nada ainda. Ficou levemente tenso. Pensou que ela pudesse ter cancelado. Sentiu raiva. Olhou novamente o relógio. Resolveu tomar um pouco de vinho. Sentou-se no sofá, novamente. Olhou as mensagens e viu que Thalita tinha enviado algo:

— Estou na portaria

— Avisarei ao porteiro; ele já vai liberar.

• • • • •

Samuel morava no 18º andar. Enquanto Thalita subia, perguntava-se como iria cumprimentá-la. Iria abraçá-la? Sobre o que conversariam? Estaria velha como ele? Estaria casada? Combinou consigo mesmo que não faria perguntas.

A campainha tocou e Samuel fingiu-se de morto e aguardou dois minutos e foi abrir. Thalita estava exatamente como ela o deixara. Parecia ter sido ontem. Como ele ficou parado à porta, ela perguntou se podia entrar.

— Claro, desculpe.

— Você continua o mesmo, Samuel. E isso é um elogio.

• • • • •

Entraram. Ele a levou ao quarto, que ela já conhecia. Desde a separação, Samuel nunca mais recebera a ex-esposa. Ela conhecia bem o apartamento; compraram meses antes do divórcio e, no acordo, concordaram que ficaria com Samuel. Assim que deixou as malas no quarto, Samuel disse que ela deveria estar cansada e que poderia tomar um banho. Ele iria preparar algo para comerem. E assim o fez.

• • • • •

Thalita apressou-se a ir ao banheiro e lá permaneceu por longos trinta minutos e, como sempre, cantou a mesma música que cantava quando estavam juntos. Em silêncio, Samuel permaneceu por alguns minutos no quarto até que o chuveiro desligou e ele apressou-se com a pizza.

Ela chegou à cozinha com uma roupa de dormir que não era bem apropriada, mas era confortável. Ofereceu ajuda. Samuel disse para ela ficar bem que já estava tudo quase pronto. Perguntou se queria tomar algo, um suco, água, refrigerante... Ela perguntou se tinha vinho, pois estava cansada e queria algo mais forte.

Sentados à mesa, Samuel serviu Thalita com um pequeno pedaço de pizza. Um rápido silêncio ocupou a sala, e ele resolveu colocar sua *playlist* de música clássica. Thalita não gostava muito desse tipo de gênero musical, preferia MPB e Samuel acabou trocando a pedido da ex-esposa. Thalita puxou um assunto do passado, reviveu as memórias dos primeiros anos. Falou dos filhos e do neto que tinham. Contou dos cachorros, dos amigos da cidade e do que fazia como advogada. Disse que ainda fazia pilates e que a professora perguntava sempre por ele, mesmo depois de anos. Samuel estava visivelmente feliz, e desconfortável. Não queria saber por que ela estava ali, nem perguntar se ainda estava namorando ou quanto tempo pretendia ficar. Eram muitas armadilhas emocionais e não estava devidamente ciente do que poderia sentir.

Depois de algumas horas, Thalita disse que estava com sono e iria para o quarto. Retiraram a mesa juntos e ainda riram de pequenas lembranças. Samuel prontamente explicou sobre alguns detalhes no quarto, como a luz queimada do teto e que, por isso, deixara o abajur ligado.

— Não vejo problema algum, Samuel!

Após alguns segundos de silêncio, ele retirou-se dali e foi para seu quarto. Olhou para o relógio e era pouco mais de 23h40. Ficou deitado ali por uns trinta minutos, sentindo-se estranhamente feliz e preocupado ao mesmo tempo. Resolveu ir à cozinha tomar água. Ao sair do quarto, esbarrou em Thalita que saía rapidamente do banheiro.

— Desculpe, não vi que tinha saído do quarto —, disse ela.

Olharam-se longamente por segundos...

— Posso te pedir uma coisa, Samuca?

Samuel estremeceu. Ela novamente o chamara pelo velho apelido dos primeiros anos de casados.

— Claro, disse ele.

— Vem cá.

Ela o pegou pela mão e foram para o quarto em que Thalita estava hospedada. Samuel não sabia avaliar o tamanho dessa emoção. Sabia que não era nova, inédita. Não tentou frear nada. A decisão determinaria seu destino. Deitaram-se e permaneceram abraçados por um longo tempo. Ali dormiu, inocente do futuro, temeroso do passado e com uma felicidade avassaladora, envergonhada e pobre.

Pouco depois das seis da manhã, Samuel levantou-se, calmamente, sem fazer barulho. Saiu do quarto e fechou a porta. Thalita dormia abraçada ao travesseiro como sempre fazia.

Olhou-a ainda mais uma vez. Foi para seu quarto. Vestiu-se para o trabalho. Pegou as chaves do carro e saiu lentamente. Antes de fechar a porta, pegou uma caneta, uma folha de um bloco de notas, escreveu "Deixe a chave na portaria e, por favor, não volte". Estava feliz e atrasado para reunião das 9h.

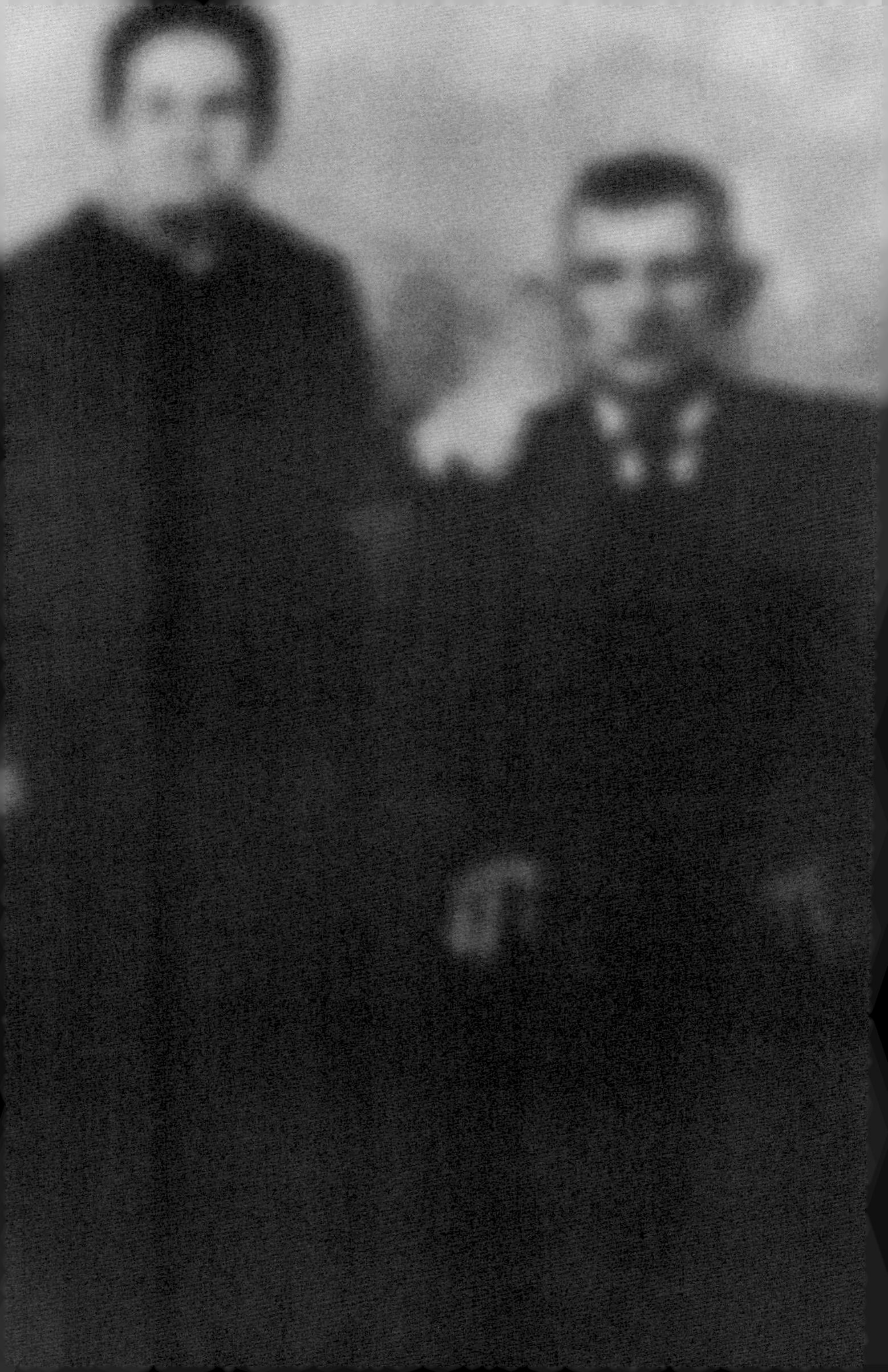

DOMINGO O TEMPO NÃO PASSA

"Sabia que domingo o tempo não era amigo. Olhou para as fotos espalhadas pelo quarto do casal. Eram muitas lembranças de uma felicidade forjada."

A diferença do idoso para o jovem é que o idoso não tem com o que se ocupar. A aproximação da morte inclui uma vida ociosa. O idoso é um desnecessário. Ela dizia isso para os filhos em mensagem, não reclamando. Mas era o desabafo de uma viúva solitária. Aos noventa anos, dez deles sem o marido, não tinha mais vontade de chorar. Não havia lágrimas. E, assistindo à televisão naquele domingo, pegou-se pensando mais no falecido.

Ele fora um homem bom para os filhos. Reconhecia isso. Honesto, trabalhador, dedicado aos costumes de pai. Ajudava-a em tudo e passava horas com as crianças. A vida de casados não era um encanto. Brigavam muito e ele a culpava pelos erros que os filhos praticavam, já entrando na adolescência. Tinha outras mulheres, como sempre soube, e dizia isso a ele nas brigas às portas fechadas.

No início do casamento, tentou se separar indo com os filhos para a casa dos pais.

● ● ● ● ●

— O que você faz aqui hoje com as crianças?

— Saí de casa. Não tem como continuar com tanta humilhação, desaforo e brigas, pai.

— E onde está seu marido?

— Não sei, deve estar trabalhando. Não veio almoçar.

— Sabe que amo você e os meninos, mas não tem como você ficar aqui com as crianças. O que os vizinhos vão pensar? Ainda tem suas irmãs que não se casaram e não dá mesmo. Ele bate em você?

— Não é isso...

— Pense melhor e volte para sua casa. Ele é um bom marido.

Era ainda nova, podia estudar e a escola era bem perto no bairro. E o pai tinha razão pois a vida na cidade do interior naquele tempo não era boa para uma mulher separada. Depois da negativa do pai, voltou para casa e o marido não percebeu esse ato de rebeldia. Mas estava decidida a falar com ele naquele dia sobre seus planos.

— Não veio hoje para o almoço, por quê?

— Muito trabalho e não deu para parar.

— Quero falar uma coisa que preciso fazer.

— Hum.

— Vou voltar a estudar. As crianças já estão maiorzinhas e dá para ajeitar tudo. A escola é à noite e deixo tudo pronto.

— Você ficou maluca? Quer ficar zoando à noite, ficar falada e ser motivo de riso na boca de todos?

— Ninguém pode me dizer o que fazer ou não nessa rua.

— Mas eu posso, e você não vai. Mulher direita cuida da casa, dos filhos, do marido. Não tem isso de estudar. Aqui não te falta nada.

— Tem certeza que não, Samuel?

— Comida, casa, móveis, carro... o que mais uma mãe de família pode querer?

— Você nunca vai entender porque não tem vontade. Porque não me ama também.

— Amor? O que mais eu posso fazer por você? O que uma mulher como você pode querer mais? Já viu como estão suas amigas? Ah, tenho mais o que fazer.

• • • • •

De volta à realidade, pensou em sair correndo. Gritar. Chorar. Nisso os filhos entraram correndo na cozinha. A vida continuaria implacável, com sonhos ou não.

• • • • •

Entre amarguras, arrependimentos, angústias e ansiedade, trocava freneticamente os canais da TV. Tudo trazia à memória a presença dele. Seria isso o verdadeiro amor? A presença fixada numa saudade teimosa e arrastada ao longo do dia?

• • • • •

Sabia que domingo o tempo não era amigo. Olhou para as fotos espalhadas pelo quarto do casal. Eram muitas lembranças de uma felicidade forjada. Uma das fotos, num porta-retrato bem antigo, atrás de outras mais recentes, via-se ela e o marido numa viagem que fizeram sem os filhos para uma cidade de praia. Na imagem, estavam um ao lado do outro e não esboçavam sorriso algum e não se tocavam. Lembrou do dia triste que fora naquele quarto de hotel.

— Já estou pronta, vamos!
— Vamos para onde?
— Sair um pouco! Conhecer a cidade, almoçar e tudo mais.
— Deite-se aí que quero você agora!
— Não estou bem para isso... deixe-me quieta!
— Não está bem comigo, né? Mas...

• • • • •

Ele parou o que ia dizer, aproximou-se com rapidez, segurou-a pelo braço e a empurrou sobre a cama. O céu estava limpo e o dia, quente. Espiava pelo vidro da janela a vida correndo lá fora e pensava em tudo, menos em Samuel ali sobre ela. Olhando para o teto, pensava como pode algum dia amá-lo. O que seria o amor; desconfiava que talvez fosse aquilo. Ele não tinha amor algum por ela, e nunca teve, porque não sabia o que era. Foi um acordo do tempo, das circunstâncias, da vida de antigamente. Ela possivelmente nunca o quis. Agora ali, décadas depois, segurava a foto tentando aceitar a desconcertante saudade dele naquela foto há décadas exposta sem motivo algum para comemorar. O que queria relembrar com a foto ali na frente de todos por tantos anos?

• • • • •

Domingo é um dia ruim para quem vive com as estranhezas do cotidiano e a solidão da vida. Domingo é dia de família. Mas, para quem vive só, é uma tortura. Velho não tem família, domingo... falava para si mesma. No domingo, o tempo abraça a gente e vem banhado de tristeza. Não tinha certeza mais do que sentia. Foi uma mãe amorosa. Cumpriu cada etapa da vida, dedicando-se intensamente para o que dela era esperado. Reclamou a vida toda por não ter tempo para nada. E os filhos cresceram sem ela notar, de tantas ocupações que tinha.

A tragédia da solidão na velhice é que as horas ficam longas, entediadas e desfalecidas. Os filhos vão embora. Ela também se foi quando jovem. Domingo tem uma lei própria que se impõe sozinha. É a consciência da morte te chamando e te cobrando pelo que você fez. Ela sabia disso. Estava preparada para o que viesse. Desligou a TV e foi para a sala. Passava das cinco da tarde. Sentou-se à mesa e pegou um caderno e uma caneta. Ali sentada, ouviu barulho de porta se abrindo.

Era o marido que acabara de chegar, reconheceu os passos... e foi até ela. Puxou a cadeira, sentou-se de frente e perguntou:

— Está preparada para o que tenho para você?

— Sempre estive preparada, o que me faltou foi apenas coragem para abandonar você por tudo o que fez nessas décadas todas.

— Não fez porque não quis...

— Não fiz, pois minha obrigação de mãe falou mais alto... e também não soube como ir sozinha para o mundo, deixar os filhos, correr ainda mais riscos...

— Não foi também porque sempre me amou.

— Talvez.

— Meu jeito de amar foi diferente eu sei disso, espero que tenha me perdoado...

Sem responder, ela estendeu a mão para ele. E ficaram ali, um de frente para o outro. O tempo voltou a correr. Rápido. Olhou demoradamente para o relógio e viu que o ponteiro agora girava mais rápido.

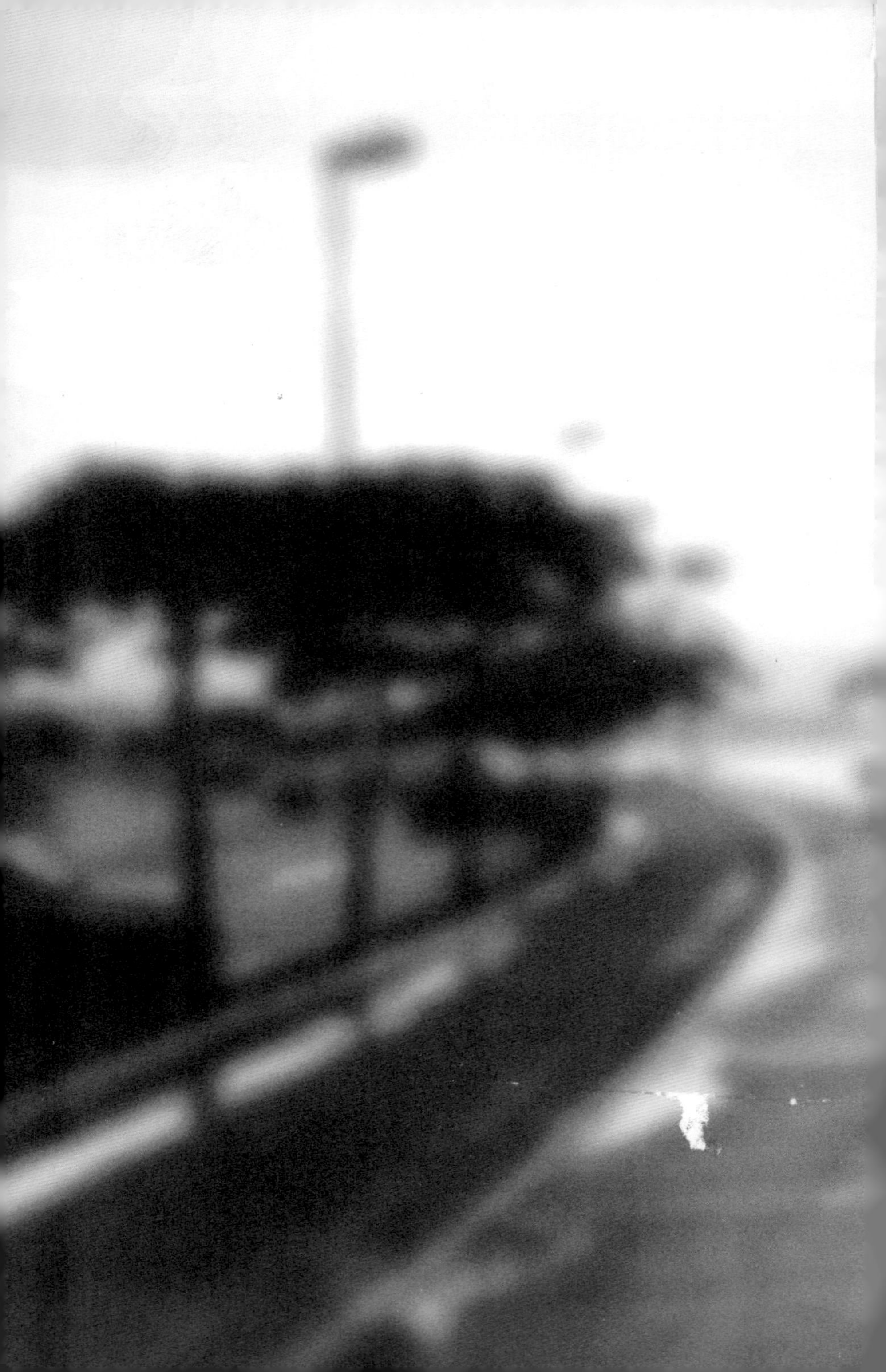